Wilhelm Wagner

**Der neue Badearzt**

Schwank in 4 Akten

Wilhelm Wagner

**Der neue Badearzt**
*Schwank in 4 Akten*

ISBN/EAN: 9783743314276

Hergestellt in Europa, USA, Kanada, Australien, Japan

Cover: Foto ©Andreas Hilbeck / pixelio.de

Manufactured and distributed by brebook publishing software (www.brebook.com)

Wilhelm Wagner

**Der neue Badearzt**

# Der neue Badearzt.

## Schwank in 4 Akten

von

## Wilhelm Wagner.

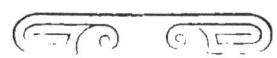

Beilage zur Zeitschrift: „**Modernes Badeleben.**"

# Personen.

Doktor **Fritz Corvin**, Badearzt.
Frau **Corvin**, seine Mutter.
**Eveline**, seine Schwester.
Frau **Pauline Marschall**.
**Margarete**, ihre Tochter.
**Heinrich Hahn**, ihr Bruder.
Frau **von Linden** aus Berlin, ⎫
Frau **Fink**, Generals-Witwe aus Richmond, ⎪
Baron **v. Vincenti** aus Berlin, ⎪
**Franz v. Dönnhoff**, Gesandtschafts-Attaché aus Teheran, ⎬ Kurgäste.
Madame **Leclaire** aus Cape Town, ⎪
**Bill-Bull**, ein junger Negerfürst aus Afrika, ⎪
**Mariska**, ein ungarisches Kindermädchen, ⎭
**Käthchen**, Zimmermädchen bei Frau Corvin.
**Lina**, Zimmermädchen bei Frau Marschall.
Ein Dienstmann.
Ein Portier vom Kurhaus.

        Ort der Handlung: Eine Badestadt.
          Zeit: Die Gegenwart.

(Rechts und links vom Schauspieler.)

# 1. Akt.

(Salon bei Frau Corvin, Thüren mitte, rechts und links. Rechts ein Fenster und ein Spiegel. Ein kleiner Schreibtisch mit Tintenfaß im Hintergrund, auf den Tischen Zeitschriften und Bücher.)

## 1. Scene.

**Frau Corvin. Eveline** (räumen hastig auf). **Dr. Fritz Corvin.** Später **Käthchen.**

**Eveline** (etwa 25 Jahre alt, besseres Straßenkleid, lebhaft) So, Fritz, alles ist bereit, nun können Deine Patienten kommen.

**Fr. Corvin** (etwa 55 Jahre alt, besseres Straßenkleid vornehm, setzt sich erschöpft). Ja, nun können Deine **ersten** Patienten kommen.

**Fritz** (etwa 30 Jahre alt, schwarz gekleidet, Cylinder auf dem Kopfe, betrachtet sich wohlgefällig im Spiegel, tritt in die Mitte, lebhaft). Hört auf mit dem Räumen und sagt mir ganz aufrichtig, wie Euch der neue Badearzt im Cylinderhut gefällt.

**Eveline.** Fritz, Du siehst aus, als hättest Du schon zweihundert Patienten!

**Fr. Corvin.** Ich aber bedaure Dich in dem

schweren Cylinder, jetzt im Sommer, bei dieser Hitze! Mir wird schon ganz heiß, wenn ich Dich ansehe.

Fritz (nimmt den Cylinder ab). Ja, sie drückt mich sehr, diese infame Angströhre. Aber liebe Mama, es muß ausgehalten werden, denn das Zeichen der Würde der Badeärzte ist der Cylinderhut. (Setzt den Cylinder wieder auf, eifrig.) O, Ihr sollt nur 'mal sehen, wie effektvoll das aussieht, wenn ich in aller Eile, als hätte ich fünfzig Schwerkranke, zu meinen Patienten hereinkomme. Ich probiere es jeden Tag bei unserem Dienstmädchen. Ich will es Euch 'mal vormachen. (Geht zur Mittelthür, klopft.) Herein! (Nimmt den Hut ab, geht mit kleinen Schritten rasch zur Frau Corvin, geziert, wichtig.) Guten Tag, gnädige Frau! Ah, wie ist Ihnen das letzte Bad bekommen, meine Allergnädigste? Bitte, lassen Sie mich den Puls fühlen, zeigen Sie die Zunge —

Fr. Corvin (wehrt ab). Fritz, schwärme nicht so viel, denn Du hast bis jetzt noch gar keinen Patienten.

Fritz (kleinlaut). Ach ja, leider, trotzdem ich meine Praxis als Badearzt schon vor 3 Tagen eröffnet und überall bekannt gemacht habe.

Eveline. Bist Du denn auch vollständig bereit, Patienten zu empfangen?

Fritz. Alles in schönster Ordnung. Hier dieses Zimmer ist das Wartezimmer, (deutet nach rechts) dort ist mein Sprechzimmer. An der Hausthür prangt mein Schild: Doktor Fritz Corvin, Badearzt. Erster Stock rechts.

Fr Corvin. Vorhin stand ein Kurgast unten und sagte: Ach, schon wieder ein neuer Badearzt!

Eveline. Nur Mut, Fritz! Gott sei Dank, es giebt 100,000 Krankheiten und nur eine Gesundheit!

**Fritz.** Das ist auch mein Trost. Ach, käme doch endlich der erste Patient! — Die Nachtklingel ziehe ich in jeder Nacht dreimal heftig, damit die Leute sagen: Der neue Badearzt wird ja schon in der Nacht gerufen!

**Fr. Corvin.** Und dennoch kommt kein Patient!

**Fritz.** Ja, und auf der Straße fragen mich alle Bekannte nach meiner Praxis. So wenig Zartgefühl hat die Menschheit!

**Eveline.** Bst! Still! Ich höre Jemand kommen!

**Fritz** (reißt den Cylinder vom Kopfe, faltet die Hände). Lieber, guter Gott, schicke mir endlich den ersten Patienten, ich will ihn auch gut und billig behandeln. Bst! (Flüsternd.) Wenn der Patient hereinkommt, verschwindet Ihr sofort!

**Fr. Corvin.** Komm, Eveline, wir gehen lieber schon jetzt. (Schleichen in die Thür links.)

**Fritz.** Es klingelt gar nicht. — Ich spähe einmal durch das Schlüsselloch. (Schleicht zur Mittelthür, blickt durch das Schlüsselloch, traurig.) Ach, es ist nur Jemand an der Vorplatzthür vorbeigegangen. Kommt nur wieder her.

**Eveline** (kommt mit Frau Corvin näher). Also wieder nichts.

**Fritz.** Ha, ich habe eine großartige Idee! Wenn wieder Leute kommen, nämlich richtig hier herein, dann lauft Ihr nicht fort, nein, Ihr bleibt hier im Wartezimmer sitzen, als wäret Ihr auch Patienten. Das macht Reklame!

**Fr. Corvin.** Aber wir sehen gar nicht leidend aus.

**Fritz.** So macht recht leidende Gesichter. Setzt Eure Hüte auf, zieht Handschuhe an und nehmt Eure Sonnenschirme in die Hände, sonst glauben es die Leute nicht.

Fr. Corvin. Nein, Fritz, das thue ich nicht!

Eveline. Mama, wir müssen alles thun, damit Fri[tz] bald ein berühmter Badearzt wird. Bleibe nur, ich hol[e] schnell unsere Hüte. (Ab links.)

Fr. Corvin. Wenn aber die Wahrheit herauskäme das gäbe ein schöner Badeklatsch. — Ist Dir denn sons[t] nicht zu helfen? Hast Du heute schon Deine Patienten[-] fahrt gemacht?

Fritz. Ja, Mama, ich bin wieder durch alle Straße[n] gefahren, damit es aussieht, als hätte ich überall Patienten[.]

Fr. Corvin. Du mußt auch an manchen Häuser[n] anhalten.

Fritz. O, ich halte in jeder Straße an, trete i[n] einen Hausflur, bleibe dort eine Zeit lang, renne dan[n] mit dem Cylinder in der Hand an meinen Wagen un[d] rufe laut: Kutscher, jetzt schnell zu der schwerkranken Dam[e] in der und der Straße.

Eveline (von links, sie hat ihren Hut auf und trägt i[n] den Händen einen Damenhut, zwei Sonnenschirme, zwei Paar Hand[-] schuhe, eifrig). Hier, Mama, setze schnell Deinen Hut auf (Giebt den Hut, Schirm und ein Paar Handschuhe, setzt sich auf da[s] Sofa, nimmt den Schleier vor und zieht die Handschuhe an.) So[,] ich werde recht leidend aussehen.

Fr. Corvin (steht auf, setzt den Hut auf, zieht dann di[e] Handschuhe an). Fritz, wenn Du in ein Haus gehst, darfs[t] Du es aber nicht so schnell wieder verlassen, sonst merke[n] die Leute den Schwindel.

Fritz. Sei unbesorgt, Mama, ich halte nur an de[n] Häusern an, in denen Wirtschaften und Bierschalter sind[.] Will ich nun den Besuch eines leichtkranken Badegaste[s] markieren, so trinke ich am Bierschalter ein Glas Bier[,]

## Erster Akt.

bei Markierung von Schwerkranken aber drei bis vier Glas.

Fr. Corvin. Aber Fritz, Du gewöhnst Dir ja am Ende noch das Trinken an!

Eveline. Und bekommst als Badearzt eine rote Nase!

(Es klingelt hinter der Bühne.)

Fritz (glücklich). Eben kommt der erste Patient! Hurra!

Eveline (aufgeregt) Mama, blicke recht vornehm und leidend. Siehst Du, so.

Fr. Corvin (setzt sich, nimmt den Schirm). Ach, ich komme mir vor, als würde ich Theater spielen.

Käthchen (durch die Mitte, mit weißer Schürze). Herr Doktor —

Fritz. Wo ist der Patient?!

Käthchen. Der Kutscher läßt fragen, ob er denn noch immer vor dem Hause halten soll?

Fritz. Ach, der Kutscher! Den habe ich ja vergessen fortzuschicken! (Zu Käthchen.) Sagen Sie dem Peter, er könne heimfahren, aber in einer halben Stunde solle er wiederkommen.

Käthchen. Schön, Herr Doktor. (Ab Mitte.)

Fr. Corvin. O Fritz, das kommt von dem Aus= steigen an den Bierschaltern.

Fritz. Ich schlage alle Unkosten meinen Patienten auf die Rechnungen. Aber wenn ich nur erst welche hätte! Es kommt vielleicht Niemand, weil ich bei meiner Mutter wohne. (Es klingelt hinter der Bühne.) Ha, nun kommt doch endlich der erste Patient! Setzt Euch recht würdevoll. Ich will horchen. (Geht zur Mittelthür) Bst! Eben öffnet Käth=

chen. — Sie spricht mit einem Herrn. — Er lacht, — die Thür wird geschlossen, — sie kommt herein.

Käthchen (durch die Mitte). Herr Doktor —

Fritz. Wo ist der Patient?

Käthchen. Es war ja gar keiner. Es hat mich nu ein Herr gefragt: Was ist gegenwärtig das ungezogenst Ding im Bade? — Nun? fragte ich. — Die Klinge des Herrn Doktor Corvin! rief der Herr lachend und lie davon.

Fritz. Der Elende!

Käthchen (verwundert). Wollen die Damen spazierer gehen?

Eveline. Nein, wir stellen nur die Patienten vor

Fr. Corvin. Aber verraten Sie nichts.

Käthchen. Nein, nein. (Ab Mitte.)

Fritz. Diese schlechte Menschheit spottet sogar scho über die Patienten, die ich — nicht habe! Und dabei bi ich so thätig. — Nächsten Sonntag wird am Kurhaus ei großes Sommerfest gefeiert, gestern habe ich mich in da Komitee wählen lassen, natürlich nur, damit Kurgäste z mir kommen und ich dadurch bekannt werde. (Es klingel hinter der Bühne.) Hurra, ein Patient! (Blickt durch das Schlüssel loch, glücklich.) Sogar zwei! — Bleibt nur sitzen und nehm recht schmerzliche Mienen an.

Käthchen (durch die Mitte, hastig). Endlich, Herr Dok tor! Eine Dame und ein kleiner, schwarzer, wilder Mann

Fritz (sehr laut, stolz). Ich lasse die geehrte Dame un den kleinen, schwarzen, wilden Mann ganz ergebenst bitte einzutreten. — Nun kommen schon wilde Männer zu mir

Käthchen (läßt eintreten). Bitte. (Ab.)

## Erster Akt.

### 2. Scene.

**Frau Corvin. Eveline. Fritz. Mad. Leclaire. Bill-Bull** (durch die Mitte). Später **Käthchen.**

**Mad. Leclaire** (30 Jahre alt, elegant, kokett). Guten Tag. Wohl Herr Doktor Corvin?

**Bill-Bull** (Negerknabe zwischen 5 und 9 Jahren, phantastisch gekleidet, spricht nichts während des ganzen Stückes).

**Fritz** (mit tiefen Verbeugungen). Zu dienen, gnädige Frau. Bitte, wollen Sie die Güte haben, mein Sprechzimmer zu betreten, meine Allergnädigste. — Bitte, mein geehrter Herr.

**Mad. Leclaire** (wehrt lächelnd ab). Mein lieber Herr Doktor, ich bin nicht krank.

**Fritz.** Also der kleine schwarze Herr? Bitte, geehrter Herr —

**Mad. Leclaire.** Auch dem fehlt nichts.

**Fritz** (enttäuscht). Also gar keine Patienten?

**Mad. Leclaire** (kokett). Ich bin Madame Leclaire aus Cape-Town und dieser Knabe ist der Negerfürst Bill-Bull.

**Fritz.** Ein Fürst! — Bitte nehmen Sie Platz, Durchlaucht, bitte, meine Gnädigste. (Alle setzen.)

**Mad. Leclaire.** Verehrter Herr Doktor, ich komme zu Ihnen wegen Bill-Bull. Sie sind mir als Mitglied des Komitees für das Sommerfest empfohlen worden und außerdem sagt das ganze Badepublikum, Sie wären der strebsamste Badearzt, denn Sie würden jeden Tag dreimal durch alle Straßen fahren.

**Fritz** (betroffen). Ich, ich besuche meine Patienten.

---

„Der neue Badearzt.".
Schwank in 4 Akten von **Wilhelm Wagner**.
Beilage zur Zeitschrift: **„Modernes Badeleben."**

Mad. Leclaire (lächelnd). Keine Entschuldigung, ich begreife vollkommen. (Blickt nach Frau Corvin.) Aber ich störe wohl?

Fritz. O, gar nicht! Diese Patienten können warten.

Mad. Leclaire. Sie sind noch nicht verheiratet, Herr Doktor?

Fritz. Leider, nein.

Mad. Leclaire. Nun, das kann noch kommen. Sie wohnen im Hause Ihrer Frau Mutter? Ich frage nur deshalb, weil ich diese Dame auch in einer gewissen Angelegenheit sprechen möchte. Wann könnte ich wohl die Ehre haben, Ihre Frau Mutter zu sprechen?

Fritz (rasch). Meine Mutter? — Da sitzt sie ja!

Mad. Leclaire (steht auf). Wie, die Damen sind keine Patienten?

Fritz (springt auf). Allmächtiger Gott! (Vorstellend.) Meine Mutter, meine Schwester Eveline, — Madame Leclaire und Herr Fürst Brüll=Brüll oder so ähnlich. — Das machen die Bierschalter!

Fr. Corvin (ist mit Eveline aufgestanden, kommen sehr verlegen näher). Mein Gott, gnädige Frau, denken Sie nichts Böses! (Frau Corvin und Eveline nehmen hastig ihre Hüte u. s. w. ab.)

Mad. Leclaire (giebt Frau Corvin und Eveline die Hand, liebenswürdig). Keine Entschuldigung, ich begreife auch dieses. — Es freut mich unendlich, Ihre Bekanntschaft gemacht zu haben.

Fr. Corvin. Uns auch. Bitte nehmen Sie wieder Platz. (Setzen.)

## Erster Akt.

Eveline (giebt Bill-Bull die Hand). Welch' ein reizender kleiner Fürst! Wie fühlen sich Durchlaucht im Bade? Ach so, Du sprichst wohl nicht deutsch? Komm, setze Dich hierher und betrachte die Bilder in den Zeitschriften, aber zerreiße die Hefte nicht. (Führt Bill-Bull an ein Tischchen links hinten, läßt ihn sitzen und giebt ihm mehrere Zeitschriften.)

Bill-Bull (betrachtet erst grinsend die Hefte, zerreißt sie dann, ohne daß es die Andern merken, später schleicht er an den Schreibtisch, leckt von der Tinte und schmiert sich, welche in das Gesicht).

Mad. Leclaire. Sie interessieren sich für den kleinen Fürsten, gnädiges Fräulein? Das wird meine Aufgabe wesentlich erleichtern. Ich habe nämlich den Auftrag, eine Pension für den Fürsten zu suchen. Mein verstorbener Gemahl führte eine Expedition in das Innere Afrikas und brachte den Fürsten mit.

Fritz. Himmel, wenn ich der Leibarzt eines Fürsten könnte werden!

Mad. Leclaire. Dieses Glück sollen Sie haben, Herr Doktor. Ich will Ihnen sogar erlauben, den Fürsten in Pension zu nehmen. Mit dem Essen ist er nicht verwöhnt, nur muß er täglich zweimal mit Glycerin gewaschen werden.

Fritz. Mama, was meinst Du?

Fr. Corvin (verlegen). Wir sind nicht fürstlich eingerichtet.

Mad. Leclaire. O, der Fürst schläft am liebsten auf der Erde.

Fr. Corvin. Aber wer soll ihn mit Glycerin waschen?

Fritz. Wenn der Fürst sehr reich ist, wasche ich ihn.

Mad. Leclaire. Er ist leider sehr arm. Aber der Fürst wäre für Sie eine prächtige Reklame und Sie lieben doch die Reklame. Ein Badearzt muß interessant sein, (kokett) eine interessante Frau haben oder wenigstens einen interessanten Sohn.

Fritz (lebhaft). Eine interessante Frau wäre mir lieber!

Fr. Corvin. Fritz! — Ich denke wir reden eben von dem Fürsten.

Mad. Leclaire. Ah gnädige Frau, Sie haben sich entschlossen Bill=Bull in Pension zu nehmen? Bezahlen kann ich dafür leider nichts, denn er hat kein Vermögen.

Fr. Corvin. Ich muß Ihren gütigen Vorschlag wegen der Pension abschlagen, aber —

Mad. Leclaire. Sie würden wohl vorziehen, Bill=Bull als Ihren zweiten Sohn zu adoptieren?

Fr. Corvin (erschrocken). Adoptieren? Darüber müßte ich doch wohl mit meinem ersten Sohne reden. — Fritz, was meinst Du zu einem schwarzen Bruder?

Fritz. Um Gotteswillen!

Eveline. Mama, wenn der Fürst weiß wäre, recht gern.

Mad. Leclaire (steht auf). Herr Doktor, Sie würden es nicht bereuen, Bill=Bulls Bruder zu werden. Was wäre das für Sie eine Reklame! Der Knabe ist auch so gut, so lieb, so brav! Sehen Sie nur, wie ruhig er spielt. (Blickt nach Bill=Bull.) Nicht wahr, Bill=Bull? (Erschrocken.) Aber was treibst Du denn da?

Fr. Corvin und Eveline (schreien beim Anblick Bill-Bulls, stehen auf).

Mad. Leclaire (geht zu Bill-Bull). Ungezogener Junge! — Ach gnädige Frau, nehmen Sie es ihm nicht übel, aber er macht es überall so!

Fritz. Mein Bruder, mir graut vor Dir!

Eveline. Gewiß ist er nicht bei Hofe erzogen worden! Ich werde unser Mädchen rufen. (Oeffnet die Mittelthür.) Käthchen, kommen Sie schnell!

Mad. Leclaire. Auch die Hefte hat er zerrissen! Du böser Junge!

Käthchen (durch die Mitte). Fräulein Eveline?

Eveline. Käthchen, waschen Sie Bill-Bull die Tinte ab.

Käthchen (entsetzt). Den schwarzen Mohren soll ich weiß waschen? Nein, das kann ich nicht! (Ab durch die Mitte.)

Mad. Leclaire. Ich werde Bill-Bull selbst waschen. Mein liebes Fräulein, wollen Sie mir Ihr Schlafzimmer zeigen?

Eveline. Gerne. Bitte, kommen Sie. (Oeffnet die Thür links.)

Mad. Leclaire. Gnädige Frau, ich bitte tausendmal um Entschuldigung. (Mit Eveline und Bill-Bull ab links.)

Fritz. Diesen Schmierfink soll ich adoptieren und jeden Tag zweimal mit Glycerin waschen! Wenn der Bengel hier im Zimmer stände, würden meine Patienten vor Schrecken auf den Rücken fallen. So fängt meine Praxis an! Sieh nur mal, Mama, wie mein schönes Wartezimmer aussieht. Wenn jetzt Patienten kämen.

Fr. Corvin. Ich bin auch gar nicht entzückt von dieser Witwe.

Fritz. O, die Witwe würde ich eher adoptieren! Sie hat auch ganz recht: eine schöne, eine interessante Frau würde mich bekannt machen bei den Kurgästen.

Fr. Corvin. Fritz, Du darfst erst an eine Frau denken, wenn Du mindestens hundert Patienten hast.

### 3. Scene.
#### Frau Corvin. Fritz. Eveline.

Eveline (von links). Mama, nehme nur ja nicht diesen bösen, schwarzen Buben als zweiten Sohn an, ich habe gerade genug an einem weißen Bruder!

Fritz. Gerechter Gott, hat der Bengel mein schönes Wartezimmer zugerichtet! Helfe, Eveline, wir wollen das Zimmer wieder in Ordnung bringen, bis die schöne Witwe zurückkommt. (Hebt Papiere auf.)

Eveline. Die erste Patientin hat Fritz aber sehr aufgeregt, Mama.

Fr. Corvin. Wir kennen ja seine Schwäche. Ich wollte deshalb auch nicht haben, daß er Badearzt wird. Ach, ich bin jetzt schon unglücklich!

Fritz. Um des Himmels willen, vertreibt mir mit Eurem Jammer nicht meine Patienten! Daß ich ein leichtsinniger Mensch bin, haben wir ja damals ausgemacht, als ich Badearzt wurde. Aber das wird mich nicht abhalten, meine Pflicht als Badearzt zu thun. Ich gehe jetzt zu der Witwe.

Fr. Corvin. Fritz, Du bleibst!

Fritz. Bedauere sehr, meine Pflicht ruft mich zu

## Erster Akt.

dem Fürsten. Hoffentlich hat der schwarze Kerl soviel Tinte geleckt, daß er Magenschmerzen bekommt, dann habe ich wenigstens einen Patienten, wenn auch nur einen schwarzen. (Ab links.)

Eveline. Mama, unser Fritz wird seiner ersten Patientin doch keinen Heiratsantrag stellen? Ach, dieses Badeleben macht die Männer so leichtsinnig! Deshalb ziehen auch so viele ledige Damen und Witwen in die Badeorte

Fr. Corvin. Ich denke, diese Damen wollen an Kurgäste vermieten.

Eveline (zornig). Nein, die wenigen Herren, die hier sind, wollen sie uns wegheiraten! – Hast Du noch nichts von der Frau Marschall gehört, die im Winter mit ihrem Bruder und ihrer Tochter hierher gezogen ist? In Berlin soll diese Familie ein großartiges Leben geführt und dadurch all ihr Geld verloren haben. Die Tochter, sagt man, habe schon drei reiche Bräutigams gehabt. Jetzt vermieten sie hier an Kurgäste, aber nur damit die Tochter einen recht reichen Mann bekommt. Mama, wenn unser Fritz diese schöne Fräulein Marschall kennen lernt, ist er verloren»

Fr. Corvin (besorgt). Glaubst Du, Kind? Ach, und jetzt ist er bei dieser koketten Witwe! Eveline, sieh' gleich nach, ob er ihr nicht schon einen Heiratsantrag gemacht hat!

Eveline. Wir werden es nicht leiden! Er darf nicht eher heiraten, als bis er mindestens fünfhundert Patienten hat. (Ab links.)

Fr. Corvin. Ach, die Praxis fängt recht schlecht an: zwei Patienten, aber keiner davon ist richtig krank. (Es klingelt hinter der Bühne.) Mein Gott, das wird doch endlich ein richtiger, kranker Patient sein!

## 4. Scene.

Frau **Corvin**. **Käthchen**. Dann **Baron von Vincenti**.

Käthchen (öffnet die Mittelthür). Gnädige Frau, Herr Baron von Vincenti wünscht den Herrn Doktor zu sprechen.

Fr. Corvin. Ich lasse bitten.

Baron (durch die Mitte, etwa 60 Jahre, geckenhaft). Guten Tag, gnädige Frau. Ich las soeben in der Badezeitung, daß bei dem Herrn Doktor Corvin Auskunft über das Sommerfest erteilt wird.

Fr. Corvin. Ganz Recht, Herr Baron. Haben Sie die Güte Platz zu nehmen, ich werde meinen Sohn sogleich rufen. (Will ab links.)

Baron (rasch). Ah, Pardon, gnädige Frau. Erlauben Sie mir eine Frage. Ich sah vor einer halben Stunde Seine Durchlaucht, den Fürsten Bill-Bull in dieses Haus eintreten. Ist Durchlaucht hier bei Ihnen?

Fr. Corvin. Ja. Ich werde den Fürsten sofort hierher führen. (Will ab.)

Baron. Bitte, bitte, ich kann mit der Durchlaucht ja doch nicht reden, denn ich spreche leider nicht afrikanisch.

Fr. Corvin. So will ich Madame Leclaire rufen.

Baron. Das wäre mir sehr angenehm, gnädige Frau! Schon lange wünsche ich diese interessante Dame kennen zu lernen. Ich hoffe, mit ihr kann man auch deutsch reden.

Fr. Corvin. Ja, sie wird sogleich **deutsch** mit Ihnen reden. Verzeihen Sie nur eine Sekunde, Herr Baron. (Ab links.)

Baron (zieht Spiegel und Bürstchen aus der Tasche und kämmt sein Haar).

## Erster Akt.

**5 Scene.**

**Baron. Frau Corvin. Madame Leclaire. Bill-Bull** (von links).

Fr. Corvin. Herr Baron, ich habe die Ehre, Ihnen vorzustellen: Madame Leclaire, Seine Durchlaucht, der kleine Negerfürst Bill-Bull.

Baron (steckt Bürste und Spiegel ein). Ich bin entzückt, gnädige Frau! Habe schon viel von Ihnen gehört und brannte vor Verlangen, gnädige Frau kennen zu lernen. — Allerliebster junger Mann, diese kleine Durchlaucht. (Alle setzen.)

Mad. Leclaire. Herr Baron, Sie interessieren sich sehr für Bill-Bull? O, ich bin nicht abgeneigt, Ihnen entgegen zu kommen, wenn Sie Seine Durchlaucht adoptieren wollen.

Baron. Adoptieren?

Fr. Corvin. Herr Baron, ich kann Ihnen nur dazu raten. O, Seine Durchlaucht ist so lieb, so brav!

Mad. Leclaire. Wenn Sie den Fürsten als Ihren Sohn adoptieren, stelle ich Ihnen die günstigsten Bedingungen, weil Sie bereits Baron sind.

Baron (verlegen). Ich habe ja schon einen Sohn, — aber einen weißen.

Mad. Leclaire. Also noch keinen schwarzen? Das würde ja herrlich passen! — Ich kann Ihnen Bill-Bull aber nicht sofort als Sohn übergeben. —

Baron. O, pressiert mir gar nicht!

Mad. Leclaire. Der Herr Doktor Corvin hat nämlich vor Ihnen das Recht der Adoptierung.

---

„Der neue Badearzt.".
Schwank in 4 Akten von Wilhelm Wagner.
Beilage zur Zeitschrift: „**Modernes Badeleben.**"

Fr. Corvin (rasch). Mein Sohn wird gerne zurück=
stehen, wenn es sich um den Wunsch eines Kurgastes handelt.
Ich werde ihn sofort holen.

Baron (springt auf). Meine verehrten Damen, ich
will durchaus nicht dem Herrn Doktor eine Freude rauben!

Fr. Corvin. Herr Baron, die Kurgäste werden hier
stets zuerst erfreut. Sofort spreche ich mit meinem Sohne.
Bitte, keine Widerrede! (Ab links.)

Mad. Leclaire (giebt dem Baron die Rechte, gerührt).
Herr Baron, seien Sie dem Kinde ein guter Vater. —
Komm, Bill=Bull, gieb Deinem neuen Papa einen Kuß.

Bill=Bull (will den Baron küssen, geht dann an das
Tintenfaß und beschmiert sich wieder).

Baron. Um Gotteswillen, gnädige Frau! (Verliebt.)
Ach, ich müßte, wenn ich den kleinen Mohren adoptiere,
doch erst Verschiedenes darüber mit Ihnen besprechen.

Mad. Leclaire (kokett). Herr Baron, ich bin zu
einem Entgegenkommen sehr gerne bereit

Baron (glücklich). Bestimmen Sie mir eine Zusammen=
kunft, wo ich Ihnen auch sagen kann, daß ich Sie ver=
ehre, seitdem ich Sie zum erstenmale gesehen habe. Es
war gestern Abend am Kurhaus; Sie tranken Champagner
und ich Schweizermilch mit Zwieback.

Mad. Leclaire. Ich will Ihnen während des
Sommerfestes eine Unterredung gewähren.

Baron. Heißen Dank, schöne Frau! O, ich werde
kommen. (Küßt Madame Leclaire die Hände.)

Mad. Leclaire. Ich muß Sie vor Jemand warnen.

Baron (erschrocken). Warnen? Ich bin doch ein ganz
solider Kurgast.

Mad. Leclaire. Aber Sie sind mir doch hierher nachgegangen?

Baron. Ja, weil ich Sie verehre! — (Will Madame Leclaire die Hand küssen.)

Mad. Leclaire. Vorsicht, Herr Baron! Der Herr Doktor Corvin verehrt mich auch. Sie müssen deshalb den Doktor für sich zu gewinnen suchen. Ich rate Ihnen also: werden Sie der Patient des Herrn Doktors.

Baron. Ich bin aber gar nicht krank.

Mad. Leclaire. Einerlei. Aber seine Patienten muß ein Badearzt freundlich behandeln. —

### 6. Scene.

**Baron. Madame Leclaire. Bill-Bull. Frau Corvin. Eveline. Fritz** (von links).

Fr. Corvin (vorstellend). Herr Baron, meine Kinder: meine Tochter Eveline, mein Sohn Fritz, Badearzt.

Mad. Leclaire. Es ist gut, daß Sie kommen, Herr Doktor, der Herr Baron verlangt dringend nach ärztlicher Hülfe.

Baron (ängstlich). Mein lieber Herr Doktor, Sie müssen mich sogleich als Patient aufnehmen.

Fritz. Mit Vergnügen! (Ernst, fühlt den Puls.) Nun, wo fehlt es denn, Herr Baron? Bitte, wollen Sie sich in mein Sprechzimmer bemühen.

Baron. Nein, ich bleibe lieber hier. (Deutet auf die Brust.) Hier, hier drückt es mich.

Fritz. Das wollen wir gleich haben. Bitte, setzen Sie sich. (Fühlt an des Barons Brust.) Hm, Herr Baron,

Sie haben eine merkwürdige Schwellung in der Herzgegend, die unter allen Umständen beseitigt werden muß.

Baron. Diese Schwellung ist meine Brieftasche, Herr Doktor, die ich vorhin bei meinem Bankier gefüllt habe, bitte, beseitigen Sie die nicht, unter allen Umständen.

Fritz. Ah, in der That! Nun, wo thut es denn eigentlich weh? —

Baron (kläglich). Rheumatismus.

Fritz. Dagegen hat die Wissenschaft jetzt ein vorzügliches Pulver. Bleiben Sie ganz ruhig sitzen, ich werde Ihnen sofort ein Pulver selbst zubereiten. (Rasch ab rechts.)

Eveline (naiv). Herr Baron, Ihre Krankheit wird doch wohl längere Zeit anhalten?

Mad. Leclaire. So lange der Herr Baron hier im Bade ist, wird er der Patient des Herrn Doktor's sein und jeden Tag zweimal in die Sprechstunde kommen

Baron. Nun fühle ich mich aber wirklich schon recht leidend.

Fritz (von rechts, mit Glas, rührt darin mit einem Löffel). Hier, Herr Baron. Trinken Sie ganz schnell.

Baron (trinkt, verzieht das Gesicht). Ist aber bitter!

Fritz. Aber gesund! — Nun, wie fühlen Sie sich jetzt, Herr Baron?

Baron. Sehr hungrig! —

Fritz. Merkwürdig! Bei den Anderen verdirbt das Pulver den Magen.

Baron. So, Sie wollen mir auch noch den Magen verderben!

## Erster Akt.

**Fritz.** Ja, die — Erfolge kommen in der Medizin zu allerletzt! —

**Mad. Leclaire.** Der Herr Baron hat vorhin das Verlangen ausgesprochen, Ihre Sprechstunde täglich zweimal zu besuchen.

**Fritz.** Zweimal! Das wird mir ein unendliches Vergnügen sein, Herr Baron.

**Eveline.** Uns auch!

(Es klingelt hinter der Bühne.)

**Mad. Leclaire.** Es kommen schon wieder Patienten! Herr Doktor, Ihre Praxis blüt. (Steht auf.) Wir wollen Sie hier nicht stören. Gnädige Frau, dürfen wir in Ihren Salon eintreten?

**Fr. Corvin.** Sehr gerne.

**Mad. Leclaire.** Dann kommen Sie schnell, Herr Baron. Kommen Sie auch, Durchlaucht! — Aber, Bengel, Du hast Dich ja schon wieder mit Tinte beschmiert! — Ach, Verzeihung, gnädige Frau, der Junge kann sich gar nicht an das feine Badeleben gewöhnen! Nun muß ich ihn schon wieder obwaschen!

**Baron** (steht auf). Und dieser schwarze Schmierfink ist nun bald mein jüngster Sohn! — (Zu Madame Leclaire.) Darf ich Ihnen meinen Arm anbieten, gnädige Frau? (Erschrocken nach Fritz.) Pardon! Durchlaucht, bitte Ihre Hand.

**Eveline** (öffnet links). Bitte, Herr Baron.

**Baron** (ab mit Bill-Bull links und Eveline).

**Mad. Leclaire** (leise zu Fritz). Den Baron habe ich zum Patienten gemacht. Sie sehen, eine Frau vermag alles. (Mit Frau Corvin ab links.)

**Fritz.** Und gerade das fehlt mir: eine Frau!

## 7. Scene.
**Fritz. Käthchen.**

Käthchen (durch die Mitte). Der Hausherr läßt dem Herrn Doktor sagen, —

Fritz. Ha, er habe ein Bein gebrochen?

Käthchen. Nein.

Fritz. Also einen Arm?

Käthchen. Er läßt Ihnen sagen, Sie möchten doch nicht mehr in der Nacht aufstehen und Ihre Nachtklingel selbst ziehen, solch ein Unsinn hätte doch gar keinen Wert.

Fritz. Morgen ziehe ich aus!

Käthchen. Der Wagen ist auch angekommen und Peter läßt fragen, ob Sie wieder an die Wirtshäuser fahren wollten.

Fritz. Ich habe ja das ganze Haus voll Patienten, wie kann ich an die Wirtshäuser fahren! Aber — ha, — eine großartige Erleuchtung kommt eben über mich! Käthchen, mein Engel, ich probiere doch jeden Tag bei Ihnen, wie ich die Patienten behandele; wenn Sie mich ein wenig lieb haben, so müssen Sie jetzt etwas Großes für mich thun? —

Käthchen (verlegen). Ach, Herr Doktor, für Sie könnte ich schon etwas Großes thun.

Fritz. Natürlich, sie liebt mich! Sie sollen eine Patientin von mir vorstellen. Mein Wagen wartet unten, in den werden Sie sich setzen und einmal durch die Stadt fahren. Verstanden?

Käthchen. Im weißen Schürz?

Fritz. Sie können dort den Hut meiner Mutter

## Erster Akt.

aufsetzen, mit einem Schleier Ihre holden Züge bedecken und Ihre reizende Gestalt in den Abendmantel meiner Schwester hüllen. Sie nehmen dann eine recht schmerzensreiche Haltung an, ich führe Sie zu dem Wagen, hebe Sie hinein und danach fahren Sie durch die Stadt. Das macht Aufsehen! Ich werde Sie selbst maskieren. (Holt Hut Handschuhe und Schirm, setzt eilig den Hut Käthchen auf.) So, nun etwas schnell. —

Käthchen. Aber Herr Doktor, was wird Ihre Mama sagen?

Fritz. Die Mama braucht gar nichts zu erfahren. Ich hole gleich den Schleier und den Mantel. (Rasch; ab Mitte, kehrt gleich zurück mit Abendmantel und Schleier, hängt Käthchen den Mantel um, bindet den Schleier vor.) — So, kein Kurgast wird Sie erkennen. — Sie sehen bezaubernd aus, schönes Käthchen.

Käthchen. Wirklich, Herr Doktor?

Fritz. Ganz gewiß! Kommen Sie nur schnell. (Will ab mit Käthchen durch die Mitte.)

Käthchen. Auf der Treppe steht aber das Mädchen vom zweiten Stock, die wird uns erkennen.

Fritz. Dann die Lauftreppe hinunter und durch den Garten. Ich rufe dem Kutscher zu, daß er in die andere Straße fährt. (Oeffnet das Fenster und ruft hinaus.) Heda, Peter! Sogleich an dem Garten anfahren. (Sehr laut.) Eine schwer kranke Patientin von mir, die an einem Fuße hinkt, wird dort einsteigen! Aber schnell! Ich habe furchtbar viel zu thun. (Schließt das Fenster.) Das hat gewirkt. Alle Kurgäste bleiben stehen und starren das Haus und mein Schild an. — Jetzt führen Sie sich an mich, machen sie ein recht leidendes Gesicht und hinken Sie stark mit dem rechten Fuß. Probieren Sie es einmal. — Mit dem rechten, nicht mit dem linken Fuß! — So. (Ab rechts mit Käthchen.)

(Es klingelt zweimal nacheinander hinter der Bühne.)

## 8. Scene.

### Eveline. Dann Frau Corvin.

Eveline (rasch von links, glücklich). Fritz, es kommt schon wieder ein Patient! Fritz! (Oeffnet rechts.) Fritz, wo bist Du denn?

(Es klingelt hinter der Bühne.)

Fr. Corvin (rasch von links.) Warum öffnet denn Käthchen nicht? (Oeffnet etwas die Mittelthür.) Käthchen, schnell öffnen, es kommen Patienten. (Betroffen.) Käthchen ist ja gar nicht da!

Eveline. Und Fritz ist auch nicht da, Mama!

Fr. Corvin. Nun kommen die Patienten und der Doktor ist nicht da!

(Es klingelt hinter der Bühne.)

Fr. Corvin. Es klingelt noch einmal! Eveline, öffne Du.

Eveline. Sogleich, Mama! (Ab Mitte.)

Fr. Corvin. Ach Gott, welch' ein bewegter Tag!

## 9. Scene.

### Frau Corvin. Eveline. Frau Marschall. Margarete.

Eveline (öffnet die Mittelthür). Bitte, treten Sie ein, meine Damen!

Fr. Marschall und Margarete (durch die Mitte) Guten Tag.

Fr. Corvin. Guten Tag, meine Damen!

Fr. Marschall (etwa 45 Jahre alt, liebenswürdig). Kann ich die Ehre haben, den Herrn Doktor Corvin zu sprechen?

Fr. Corvin. Bedauere sehr, mein Sohn ist plötzlich zu schwer kranken Patienten gerufen worden. — Bitte nehmen Sie Platz, meine Damen (Alle setzen.)

Fr. Marschall. Ich wollte den Herrn Doktor auch nur um einen Rat bitten, in seiner Eigenschaft als Badearzt.

Fr. Corvin. Vielleicht kann ich den Damen nützlich sein? — Ich glaube Sie zu kennen, gnädige Frau. Habe ich nicht die Ehre, mit Frau Marschall zu sprechen?

Fr. Marschal'. Sie täuschen sich nicht, ich bin Frau Marschall und dieses ist meine Tochter Margarete.

Fr. Corvin. Es freut mich sehr, ihre Bekanntschaft zu machen, meine Damen. — Hier, meine Tochter Eveline.

Eveline (lebhaft). Sie wohnen seit Februar hier und lebten früher in Berlin? O, ich habe schon viel von Ihnen gehört.

Margarete (etwa 23 Jahre alt). Aber sicher nicht viel Gutes!

Fr. Corvin. Mein liebes Fräulein, Sie dürfen nicht viel auf das Gerede der Leute achten; in einem Badeort wird immer sehr viel gesprochen. — Frau Marschall, ich bin gerne bereit, Ihnen mit Rat und That zu dienen. Ich will auch meinen Sohn dazu veranlassen.

Fr. Marschall. Wir werden es Ihnen ewig

---

„Der neue Badearzt."
Schwank in 4 Akten von Wilhelm Wagner.
Beilage zur Zeitschrift: „Modernes Badeleben"

danken! — Wie glücklich leben Sie hier und Ihr Herr Sohn, der Herr Doktor, soll schon eine so gute Praxis haben. Wir sehen ihn jeden Tag dreimal durch unsere Straße fahren und an vielen Häusern anhalten.

Fr. Corvin (seufzend). Ja, mein Sohn hält gerne an.

Fr. Marschall. Es ist so gemütlich bei Ihnen; bei uns kann es nicht so hübsch sein, denn wir wollen ja an Kurgäste vermieten.

Margarete (traurig). Aber wir haben noch gar keine Kurgäste.

Eveline. Sie werden noch kommen. — Mein liebes Fräulein, Sie müssen mich oft besuchen; wir werden sicher die besten Freundinnen.

Margarete (faßt Evelinens Hände). Das würde mich hoch beglücken, denn ich habe hier niemand, der mich liebt.

Eveline. Und Sie sind so schön, o, so schön! — Ach, verzeihen Sie einige Minuten, im Salon warten auch Patienten. (Freundlich nickend ab links.)

Fr. Marschall Frau Corvin, ich will mich Ihnen ganz anvertrauen und Ihnen erzählen, wie wir in diesen Badeort gekommen sind. Wir besaßen in Berlin ein sehr großes Geschäft und Margarete hatte die reichsten und vornehmsten Anbeter.

Margarete. Mama, erzähle nicht von mir.

Fr. Marschall. O, die Verheiratung der Töchter ist den Müttern das Wichtigste! — Nach dem Tode meines Mannes ging das Geschäft sehr schnell rückwärts und wir mußten es aufgeben. In der Zeit unseres Glanzes, als wir große Gesellschaften gaben und in die Bäder reisten, verlobte sich Margarete mit einem jungen Baron.

## Erster Akt.

Nach dem Zusammenbruch unseres Geschäftes trat er zurück.

**Fr. Corvin.** Schändlich!

**Margarete** (lächelnd). Ich habe dem erbärmlichen Manne keine Thräne nachgeweint.

**Fr. Marschall.** Aber ich! Und ich werde es ihm nie vergessen! Um dem Gerede in Berlin aus dem Wege zu gehen und weil unser Vermögen auch sehr klein geworden war, zogen wir hierher. Zum Glücke hat sich uns mein Bruder, der unverheiratet ist, angeschlossen und wird uns in unserem Vermietungsgeschäft sehr nützlich sein. Wir haben zusammen eine große Parterre-Wohnung gemietet und den Herrn Doktor wollte ich bitten, uns manchmal Kurgäste zu schicken, wir werden sie gut und billig behandeln. Schade, daß der Herr Doktor nicht anwesend ist.

**Fr. Corvin.** Ich selbst bin sehr verwundert, daß mein Sohn nicht kommt.

**Margarete.** Glauben Sie, Frau Corvin, daß wir hier ein Geschäft machen können? Die Kur soll nur vier Monate dauern? Es muß aber in diesen wenigen Monaten so viel verdient werden, daß man zwölf Monate davon leben kann.

**Fr. Corvin.** Sie reden sehr klug, liebes Fräulein. Zu Ihrem Troste will ich Ihnen sagen, daß sehr viele alleinstehende Damen denselben Beruf gewählt haben, besonders in den letzten Jahren, und ganz zufrieden sind. Was ist auch dabei! Wenn eine Dame sich nicht verheiraten will —, wollte sagen kann, — denn hier unter uns Damen gesagt, will doch jede heiraten.

**Fr. Marschall.** Aber sicher!

Fr. Corvin. Wenn sie also keinen Mann findet, so ergreift sie einfach irgend einen Beruf. Das Vermieten an Kurgäste in den Badeorten ist leicht und auch interessant; deshalb für feinere Damen sehr geeignet.

Fr. Marschall (stolz). O, ich hoffe sicher, daß sich meine Tochter schon in der ersten Saison mit einem Kurgast verlobt.

Margarete. Ich werde mich niemehr verloben, nachdem ich einmal damit so unglücklich war.

Fr. Marschall. O, es giebt auch brave Kurgäste, die es ehrlich meinen und zur Not darf es auch ein Hiesiger sein. Es giebt hier doch hoffentlich heiratsfähige bessere Herren, Frau Corvin?

Fr. Corvin. Ja, der Kurdirektor, der Amtsrichter und mein Sohn.

Fr. Marschall. Drei Partien, das ist mir vollkommen genug!

Margarete. Ich werde mein ganzes Leben dem Vermieten an Kurgäste widmen. Nur eines schmerzt mich, daß man auch hier bereits meinen guten Ruf antastet. Einen ganzen Sagenkreis haben die klatschsüchtigen Menschen um mich gewoben. — Ich kann mich nicht mehr auf der Straße sehen lassen, ohne daß mir die Leute nachblicken und ganz ungeniert ihre Bemerkungen machen. Neulich hat mich eine Dame gefragt, ob ich wirklich die Tochter eines russischen Generals sei.

Fr. Marschall. Das ist aber unverschämt!

Margarete. Und wenn Kurgäste von Berlin mich hier wieder erkennen und wenn vielleicht sogar Baron von Vincenti in das Bad kommt.

Erster Akt.

Fr. Corvin. Baron von Vincenti, sagten Sie? — Er ist hier.

Margarete (springt auf, erregt). Mein ehemaliger Bräutigam?

Fr. Corvin (steht auf). Das muß ein Irrtum sein, der Baron ist ein älterer Herr.

Margarete. Dann ist es sein Vater! Das ist noch schlimmer.

Fr. Marschall (steht auf). Er allein ist daran schuld, daß sein Sohn von der Verlobung zurückgetreten ist! O Margarete, rege Dich nicht auf, das könnte Deiner Schön= heit schaden!

Fr. Corvin  Der Baron von Vincenti ist hier in unserer Wohnung.

Margarete. In diesem Hause! Dann müssen wir gehen! Leben Sie wohl, Frau Corvin!

### 10. Scene.

Die **Vorigen**. Madame **Leclaire**. **Bill-Bull**. **Baron**. **Eveline** (von links). Später **Fritz**. Zuletzt **Käthchen**.

Mad. Leclaire. Herr Baron, wollen Sie wirklich schon gehen?

Baron. Ja, ich habe auf das Pulver des Herrn Doktor's solchen Hunger bekommen, daß ich schleunigst etwas essen muß.

Margarete. O, mein Gott, sein Vater!

Baron (lebhaft). Ah, siehe da, die ehemalige Braut meines Sohnes! Welch' ein interessantes Wiedersehen beim Badearzt! Darf ich Sie begleiten, Fräulein Margarete?

Margarete (kurz). Nein!

Fr. Marschall (stolz). Herr Baron, wir kennen Sie nicht mehr. Meine Tochter denkt auch nicht mehr an Ihren Sohn, denn sie heiratet jetzt einen Herrn von hier!

Fritz (rasch von rechts, blickt bewundernd nach Margarete).

Fr. Corvin. Herr Baron, die Damen sind meine Gäste. (Deutet nach Fritz). Die Damen wünschen meinen Sohn zu sprechen.

Baron (verblüfft). Aeh, ich begreife — den Herrn von hier; ich störe also abermals bei einer Verlobung.

Margarete Mama, komme, komme!

Fritz (rasch). Bitte, bleiben Sie, meine Damen, die Sprechstunde ist noch lange nicht zu Ende.

Käthchen (durch die Mitte, mit Schleier, Hut, Mantel und Schirm, weinerlich). Ach Herr Doktor, das Unglück!

Mad. Leclaire. Schon wieder eine Patientin! Die Praxis blüt!

Fritz (erschrocken). Allmächtiger Gott, mein schwer kranker Patient! (Eilt zu Käthchen, will sie führen.) Bitte, meine Allergnädigste, kommen Sie sogleich mit in mein Sprechzimmer. (Leiser.) Hinken Sie doch mit dem Fuße!

Käthchen (wirft Schleier, Hut, Mantel und Schirm ab, steht da in weißem Schürz, zornig, weinerlich). Nein, Herr Doktor, ich hinke nicht mehr! Die Leute auf der Straße haben mich erkannt und ausgelacht! Ich stelle keinen schwer kranken, hinkenden Kurgast mehr vor! Ich kündige den Dienst! (Ab Mitte.)

Margarete. Komm, Mama! (Zieht Frau Marschall durch die Mitte ab.)

Baron (zu Madame Leclaire, spöttisch). Gehen wir auch, meine Gnädigste.

Fritz (sinkt in einen Sessel). Ach, meine Patienten verlassen mich!

(Vorhang.)

## 2. Akt.

(Salon bei Frau **Marschall**. Mitte allgemeiner Eingang. Links hinten Thüre nach Herrn **von Dönnhoff**, links vorn nach Frau **von Linden** und Frau **Fink**. Vorn rechts ein Fenster, hinten rechts Thüre zu **Marschall's**. — Vorn rechts ein Tisch und Sopha. Auf einem Stuhle halb eingepackt: ein Handbesen, ein Salz- und Pfeffergestell und eine Tüte Zwetschen. — Links eine Kommode, darüber ein Spiegel.)

### 1. Scene.

**Frau Marschall. Margarete. Hahn.**

Hahn (etwa 55 Jahre alt; hemdärmelig, ohne Kragen, mit blauer Schürze, dicken Pantoffeln, geschwärzten Händen; sitzt im Hintergrunde auf einem Stuhle und putzt große Blechgefäße, die durcheinander vor ihm auf der Erde herum liegen, besorgt). Ach, Pauline, werden denn zu uns Kurgäste kommen?

Fr. Marschall (sitzt am Tische in elegantem Negligé, trinkt Kaffee und legt dabei Karten, gemütlich). Warum denn nicht, Heinrich, andere Leute bekommen ja auch jedes Jahr Kurgäste. Sei nur ganz unbesorgt. Wir waren gestern bei Frau Corvin, sie hat uns versprochen, Ihren Sohn, den Badearzt, zu bewegen, daß er uns recht viele Kurgäste schickt.

## Zweiter Akt.

Hahn. Wenn aber dieser Badearzt selbst keine Patienten für sich hat?

Fr. Marschall. Aber Heinrich, Du siehst doch selbst, wie er jeden Tag dreimal durch unsere Straße fährt, so viele Patienten hat er schon.

Margarete (sitzt am Tische im eleganten Negligé, trinkt Kaffee). Mama, die Patientin im Schürze, die wir gestern bei dem neuen Badearzt sahen, die kam mir aber recht verdächtig vor.

Hahn (springt auf, eilt hin und her). Er wird uns sicherlich keine Patienten schicken! — Aber Euch ist das ja ganz gleichgültig! Ihr trinkt so gemütlich Euren Kaffee, als wenn Ihr selbst Kurgäste wäret!

Margarete. Aber Onkel, was sollen wir denn thun? Wir warten einfach ab, bis Kurgäste kommen.

Hahn. In der ganzen Umgebung sind schon Kurgäste, nur wir haben noch keine! Und dabei thue ich doch meine volle Schuldigkeit. Ende Februar sind wir von Berlin hier angekommen und haben uns diese große Parterre-Wohnung gemietet. Seit dem ersten März laufe ich jeden Tag sechsmal zu allen Schnellzügen an die Bahn, um Kurgäste abzuholen. Aber es kamen gar keine im März.

Fr. Marschall. Dagegen etwas Schnee.

Hahn. O, ich habe sofort eine breite Bahn über die Straße gekehrt! Aber es kamen trotzdem keine Kurgäste an, auch im April nicht. Ich aber bin ganz matt geworden von dem vielen Laufen.

---

„Der neue Badearzt."
Schwank in 4 Akten von Wilhelm Wagner.
Beilage zur Zeitschrift: **„Modernes Badeleben"**

Margarete (steht auf, ärgerlich). Onkel, ich bitte Dich, sei still mit diesem ewigen Gerede um diese Kurgäste! Ach, wären wir doch gar nicht in diesen Badeort gezogen!

Fr. Marschall. Margarete, Du sollst Dich nicht ärgern, das schadet doch Deiner Schönheit.

Hahn. Ja, ich glaube wohl, daß es Euch nicht gefällt, an Kurgäste zu vermieten, da Ihr früher selbst in die Bäder gegangen seid. Aber das kommt vom großartigen Leben!

Fr. Marschall. Lieber Heinrich, wir werden durch das Vermieten sicher wieder reich; ich lege eben die Karten, ob es noch lange dauert.

Margarete (setzt sich an den Kaffeetisch). Onkel, wir sind Dir ewig dankbar, daß Du Dich unserer Lage angenommen hast und nun mit uns zusammen das Vermietungsgeschäft betreibst.

Hahn. Aber den verlorenen Bräutigam kann ich Dir nicht wieder verschaffen. Ach, ich muß ja mein Blech fertig putzen. (Putzt im Hintergrunde Blechgefäße.)

Margarete. Erinnere mich nicht an die Vergangenheit. Ich habe gestern genug gelitten, als ich seinen Vater so unverhofft vor mir sah. — Ich werde aber jetzt mein Leben ganz dem Vermieten an Kurgäste widmen.

Hahn. Aber erst welche haben! Dann widme ich ihnen auch mein Leben! Pauline, kannst Du nicht die Karten legen, ob wir bald Badegäste bekommen?

Fr. Marschall. Ich lege eben die Karten, ob sich Margarete bald verheiratet, das ist mir wichtiger.

Hahn (faltet die Hände). Lieber Gott, schicke uns doch Badegäste! Wir wollen sie ja gut und billig behandeln!

## Zweiter Akt.

Ich thue doch auch alles, um Kurgäste in das Haus zu locken. Fünf Zettel habe ich herausgehängt: Elegant möb=lierte Zimmer zu vermieten. — Haus allerersten Ranges. — Civile Preise. — Schattiger Garten. — Auf Wunsch Pension. — English spocken. — On parle française. — (Springt auf.) Aber ihr sitzt ja noch immer im Negligé am Kaffeetisch und es ist schon neun Uhr! Wer soll denn die Kurgäste empfangen, wenn welche kommen?

Fr. Marschall (glücklich). Margarete, sieh' schnell diese Karten! Ich habe sie für Dich gelegt, sie zeigen eine baldige Verheiratung über dem Wasser. (Gerührt.) O mein Kind, ich wußte es ja, daß Du bald einen Mann be=kommst! — Aber wer wird es sein?

Margarete (eifrig). Eine Verheiratung über dem Wasser? Also werde ich mich doch nicht hier verheiraten?

Fr. Marschall. Mir ist das auch sonderbar, denn ich dachte bestimmt, der Doktor Corvin gäbe eine Partie für Dich!

Hahn (ringt die Hände). Allmächtiger Gott! wollt Ihr denn endlich von Euren Wasserheiraten aufhören und mir sagen, wer die Kurgäste hier empfangen soll?

Fr. Marschall (ärgerlich). Empfange Du sie doch!

Hahn. Wie ich eben aussehe? Da laufen sie Alle fort! (Blickt sich um.) Es ist hier überhaupt eine Unordnung, daß wir gar keine feinen Leute empfangen können. Da liegen die Packete herum und Ihr sitzt ruhig am Kaffee=tisch. — Ist denn das blaue Zimmer ausgeräumt?
(Ab links vorn.)

Fr. Marschall. Den Mann machen die Kurgäste noch verrückt —, mich nicht.

**Margarete.** Onkel hat aber ganz recht. — Das Vermieten ist jetzt unser Geschäft. — Rede auch nicht mehr von diesem Doktor Corvin, Als ich gestern, nach unserem Besuche bei Frau Corvin noch einmal ausgehen mußte, um verschiedene Sachen einzukaufen, ist er mir auf der Straße nachgegangen.

**Fr. Marschall.** O, das darf ein Badearzt!

**Margarete.** Aber danach ist mir noch ein Herr nachgegangen, den ich, denke Dir, Mama, von Berlin her kenne!

**Fr. Marschall.** Wie interessant!

**Margarete.** Seinen Namen weiß ich nicht, aber er war ein Freund des Barons von Vincenti, meines ehemaligen Bräutigams. — Erst ging er mir auf der Straße nach wie der Badedoktor, als ich dann in einen Laden eintrat und diesen Besen kaufte (zeigt den Besen), trat er dicht hinter mir ein und kaufte ebenfalls einen Besen. Danach ging ich in ein Glaswarengeschäft und kaufte dieses Salz= und Pfeffergestell, er folgte mir auf dem Fuße und kaufte den gleichen Gegenstand.

**Fr. Marschall** (verblüfft). Das ist ja reizend! Und dort die Tüte mit Zwetschen?

**Margarete.** Die kaufte ich in der Delikatessenhandlung, er kam wieder nach und kaufte ebenfalls ein Pfund Zwetschen. Danach aber ging ich in ein Haus mit zwei Ausgängen und verschwand.

**Fr. Marschall.** Wenn der Herr aber keine festen Absichten hat, dann giebt es überhaupt keine festen Absichten mehr!

**Hahn** (von links vorn, mit einem großen Pack Kleider und

## Zweiter Akt.

zwei Abendmänteln, entrüstet). Da sitzt Ihr ja immer noch im Negligé beim Kaffee! Diese Kleider habe ich in dem blauen Zimmer gefunden, das an Kurgäste vermietet werden soll. (Wirft die Sachen auf einen Stuhl.)

Fr. Marschall. Diese beiden Abendmäntel haben wir erst vorgestern Abend benützt.

Hahn. Aber jetzt muß das Zeug fort! Ihr müßt viel tüchtiger werden! Habt Ihr denn nach dem Mädchen gesehen, ob es richtig den Vorplatz aufwäscht? Nein! (Reißt die Mittelthüre auf, schreit.) Lina, Haben Sie den Vorplatz aufgewaschen? Noch nicht! Ich glaube, sie stehen bei dem Bäckerburschen und lassen sich den Hof machen! Wie? — Sie liederliche Person! (Schließt die Thüre.) Ich muß wahrhaftig alles selbst thun! O, ich flehe Euch an, zieht Euch endlich um, denn nachher muß ich wieder an die Bahn! — Jetzt trage ich mein geputztes Blech in die Küche. (Er nimmt das Geschirr und geht nach der Mittelthür.)

Margarete (räumt Tassen und Teller zusammen). Ja, Mama, wir wollen nie mehr von dem Heiraten reden, sondern den Onkel recht unterstützen.

Fr. Marschall. Ach, Margarete, das Vermietungsgeschäft steht Dir gar nicht; am besten wäre für Dich eine gute Partie!

### 2. Scene.
#### Die Vorigen. Lina.

Lina (durch die Mitte, lebhaft). Madame! Madame! Ein Kurgast!

Hahn (läßt das Geschirr fallen). Ein wirklicher Kurgast? — Endlich der erste! (Rafft das Geschirr auf.)

Lina. O, ein feiner, feiner Herr!

Fr. Marschall (glücklich). Ein feiner Herr! Ach vielleicht kommt er wegen der Heirat über dem Wasser!

Hahn (hastig). Wenn er nur ein Zimmer mietet! Was wollen wir denn fordern?

Margarete (erschrocken). Wir können ihn so nicht empfangen! (Will rechts ab.)

Fr. Marschall. Heinrich, empfange Du ihn!

Hahn (hält Margarete und Frau Marschall auf). Halt! Halt! Wenn er mich sieht, läuft er gleich fort! Ich blicke durch das Schlüsselloch! (Will rechts ab.)

Margarete (hält Hahn). Wir können uns unmöglich vor einem Herrn sehen lassen!

Lina. Eben kommt er!

Fr. Marschall. Lina, empfangen Sie ihn! (Will rechts ab.)

Margarete. Er soll warten! (Will ab rechts.)

Hahn. Der erste Kurgast muß empfangen werden! Ich lasse Euch nicht fort! Hängt dort die Abendmäntel um! (Rasch rechts ab.)

Margarete (drückt an die Thüre rechts). Mama, Onkel hält die Thüre von innen zu!

Fr. Marschall. Dann unter die Mäntel! (Beide hängen rasch die Mäntel um und halten sie dicht zu.)

Margarete. Mama, ich stelle mich immer hinter Dich!

Fr. Marschall. Das ist ein schöner Geschäfts=anfang!

# Zweiter Akt.

Hahn (späht an der Thüre rechts).

Lina (öffnet die Mittelthür). Bitte, mein Herr.

## 3. Scene.
**Die Vorigen. Franz von Dönnhoff.**

v. Dönnhoff (durch die Mitte, etwa 33 Jahre alt, elegant). Guten Tag. — Ist hier das elegant möblierte Zimmer zu vermieten? (Sieht die Damen). Ah!

Lina (heimlich lachend ab durch die Mitte).

Fr. Marschall (vorn rechts, halb versteckt, verlegen). Ach, mein Herr! — Ja, das Zimmer ist hier zu vermieten.

v. Dönnhoff. Kann ich das Zimmer sehen, meine Damen?

Hahn (blickt heimlich rechts herein, schließt, wenn v. Dönnhoff nach rechts sieht).

Fr. Marschall (kommt scheu näher). Entschuldigen Sie nur vielmals, mein Herr, daß wir Sie — so empfangen.

v. Dönnhoff. Sind die Damen leidend, weil Sie im Sommer dicke Wintermäntel im Zimmer tragen?

Fr. Marschall. O nein, wir sind gar nicht leidend, wir konnten nur im Drange der Arbeit unsere Toilette noch nicht beenden!

v. Dönnhoff (blickt neugierig nach den Damen, liebenswürdig). O bitte, schadet nichts. Kann ich das Zimmer sehen?

Fr. Marschall (eilt scheu nach der Thüre links hinten, stößt sie auf, eilt zurück, deutet von ferne). Bitte, dieses Zimmer, mein Herr!

v. Dönnhoff (blickt in das Zimmer, dann nach den Damen). Sehr nett, wirklich allerliebst hier!

Fr. Marschall. Die schöne Aussicht, nicht wahr?

v. Dönnhoff (blickt nach Margarete). Ja, reizend! Wohl Ihre Fräulein Tochter, Madame?

Margarete (am Tische vorn, zeigt v. Dönnhoff halb den Rücken).

Fr. Marschall. Ja, das ist meine Tochter! O, mein Herr, ich bin unglücklich, daß wir Sie nicht besser empfangen können!

v. Dönnhoff (lächelnd). Nun, ich werde wiederkommen, wenn die Damen vollständig Toilette gemacht haben.

Fr. Marschall. Werden Sie auch wirklich wiederkommen?

v. Dönnhoff. Aber sicher! Ich brenne vor Verlangen, diese interessante Bade-Bekanntschaft fortzusetzen. Adieu, meine Damen.

Fr. Marschall. Auf Wiedersehen, mein Herr!

v. Dönnhoff (durch die Mitte ab).

Hahn (rennt aus der Thüre rechts nach der Mittelthür). Haltet den Kurgast!

Fr. Marschall (hält Hahn). Heinrich, er kommt ja wieder!

Hahn (unglücklich). Nein, er kommt nicht wieder! Der erste Kurgast, den ich Tag und Nacht herbei gefleht habe, und Ihr konntet ihn nicht richtig empfangen! Wir machen sicherlich Bankrott im ersten Jahre!

## Zweiter Akt.

Margarete (eifrig). Mama, denke Dir, er ist es ja gewesen!

Fr. Marschall. Welcher er?

Margarete. Der Herr, der mir gestern Abend in alle Geschäfte nachgegangen ist. — Aber er hat mich nicht wieder erkannt.

Hahn. Kein Wunder — im Wintermantel!

Fr. Marschall (legt den Mantel ab, setzt sich gemütlich). Ach, wie interessant, dieses Wiedersehen. Gewiß hat es etwas zu bedeuten.

Margarete (ärgerlich). Es hat zu bedeuten, daß es ein schlechter Anfang für unser Geschäft ist. (Wirft den Mantel ab, eine Tasse fliegt dadurch vom Tische, zerbricht und bleibt am Boden liegen).

Hahn. Auch das noch! 2 Mark sind hin — und kein Kurgast!

Margarete. Ach Gott! — Scherben! — Mama, Scherben bedeuten Unglück! Jetzt haben wir den ganzen Sommer kein Glück!

Hahn. O, ich wußte ja, daß wir Bankrott machen werden!

Fr. Marschall (eifrig). Margarete, Du täuschst Dich. Scherben bedeuten stets Glück.

Margarete (heftig). Nein, Scherben bedeuten Unglück!

Fr. Marschall. Nein Glück!

---

„Der neue Badearzt."
Schwank in 4 Akten von Wilhelm Wagner.
Beilage zur Zeitschrift: **„Modernes Badeleben"**

Margarete. Nein, Unglück!

Hahn. Der erste Kurgast ist fort, giebt es denn auf Erden noch ein größers Unglück?

Margarete. Mama, warum bist Du nicht früher aufgestanden und hast Dich fertig angekleidet?

Fr. Marschall (steht auf, er trüstet). O, Margarete, Du hättest ja auch nicht bis acht Uhr zu schlafen brauchen!

Margarete. Du bist die Frau des Hauses!

Fr. Marschall. Und Du bist die Tochter des Hauses!

Margarete. Nun streiten wir uns schon! Siehst Du, daß Scherben Unglück bedeuten?

Fr. Marschall. Nein, Scherben bedeuten dennoch Glück! Auch wenn wir uns streiten!

Margarete. Nein, Unglück! — Ach, am besten wäre es gewesen, wir hätten das Vermietungsgeschäft gar nicht angefangen! Wir wollen es wieder aufgeben!

Hahn. Pauline, da hast Du Dein Glück!

## 4. Scene.

**Frau Marschall. Margarete. Hahn. Lina. Dann Fritz.**

Lina (öffnet die Mittelthür, lebhaft). Es ist schon wieder ein fremder Herr da!

(Schließt später, dann ab.)

Fr. Marschall. Die Mäntel!

(Die 2 Damen hängen rasch die Mäntel um.)

Hahn. Laßt ja den zweiten Badegast nicht durchgehen, sonst gehe ich durch! (Eilt in die Thür rechts, beobachtet.)

## Zweiter Akt.

Fr. Marschall. Margarete vermiete Du; ich bin so aufgeregt durch unseren Streit über das Glück!

Margarete (eilt nach vorn rechts). Nein, vermiete Du!

Fritz (durch die Mitte, schwarz gekleidet mit Cylinder). Guten Tag, Frau Marschall.

Fr. Marschall (freudig). Ah, der Herr Doktor Corvin! Welch angenehmer Besuch! O, Herr Doktor, Sie haben gewiß schon viele Patienten besucht und wir sind noch so, so — häuslich.

Fritz. O bitte, ich bin Badearzt und als solcher gewohnt, meine Patienten öfters so — so häuslich zu finden, besonders die schwer Kranken. (Freudig.) Oder sind Sie auch schwer krank, dann könnte ich Sie ja gleich in Behandlung nehmen?

Fr. Marschall. Nein wir sind ganz gesund. (Verlegen.) Ach, Herr Doktor, es sieht so unordentlich bei uns aus. Hier liegen Scherben. —

Fritz. Scherben bedeuten Glück.

Fr. Marschall. Aber gewiß, denn ein Badearzt ist ja zu uns gekommen!

Margarete. Aber er hat ja keine Kurgäste mitgebracht.

Fr. Marschall. Laße doch diese Kurgäste! Herr Doktor, wie geht es Ihrer Frau Mama, Ihrer Fräulein Schwester und — Ihrer Praxis?

Fritz. Vorzüglich!

Fr. Marschall (deutet von Ferne nach einem Stuhle, links vorn, verlegen). Bitte, Herr Doktor, nehmen Sie Platz.

Margarete. Aber unsere Toiletten, Mama?

Fr. Marschall. O, ich setze mich zwischen Dich und den Herrn Doktor. (Setzt sich rechts vorn.) Bitte, Herr Doktor.

Margarete (setzt sich ganz rechts vorn).

Fritz (setzt sich ganz links vorn.) — Eine Unterhaltung auf ziemlich weite Distanz, aber doch — sehr nett.

Margarete (springt stolz auf). Ich gehe doch lieber!

Fritz (steht auf). O, — Verzeihung!

Fr. Marschall. Margarete, setze Dich nur wieder, die Doktoren sind ja alle kurzsichtig. (Margarete setzt sich.) Herr Doktor, ein Badearzt hat wohl eine schwierige Stellung bei den vielen Kurgästen aus allen Ländern der Welt?

Fritz (stolz.) Ja, man bekommt als Honorar Geld aus allen Ländern.

Fr. Marschall. Sie haben also viel zu thun, Herr Doktor, wenn sie so vielerlei Geld einnehmen?

Fritz. Ich bin recht zufrieden, Frau Marschall.

Margarete (hustet).

Fritz. Husten Sie wegen meiner Praxis? O, ich habe wirklich schon einen recht guten Ruf als Arzt. Ich werde es Ihnen sofort an dem folgenden Vorfalle aus meiner ausgedehnten Praxis beweisen. Vor drei Tagen wurde ich zu einem alten Herrn gerufen, der in seinem Bette lag, als wäre er gestorben. Ich erklärte der jungen schönen Frau auch sogleich: „Er ist tot." Doch da erhebt der gute Mann seinen Kopf ein wenig und sagt ganz kräftig: „Nein, noch nicht ganz." — Jedermann ist erstaunt, seine junge Frau aber sagt ermahnend: „Sei ruhig, Mann, der Herr Doktor muß es **besser wissen.**"

## Zweiter Akt.

Margarete (lächelnd). Hoffentlich hat der Mann den Mut, trotz des jungen Badearztes und der (lauter) schönen jungen Frau, weiter zu leben.

Fritz. Ja, er lebt in der That noch. — Aber warum betonten Sie die schöne junge Frau? (Rückt vor.) O, mein Fräulein, glauben Sie ja nicht, daß ein vielbeschäftigter Badearzt Zeit hat, an junge Frauen zu denken. Nein, seitdem ich Sie gestern gesehen habe, schwebt mir Tag und Nacht nur allein Ihr holdes Bild vor Augen!

Margarete. Und Ihre Patienten, Herr Doktor?

Fritz. Die schweben mir auch vor, aber hinter Ihnen.

Margarete. Herr Doktor, schicken Sie uns Kurgäste.

Fr. Marschall. Margareta, wie kannst Du in einem solchen Augenblick an Kurgäste denken!

Fritz. Ich weiß schon einen Herrn, der gerne bei Ihnen wohnen möchte.

Margarete. Ein Kurgast?

Fritz. Nein, ich bin es selbst, mein Fräulein. Hören Sie, meine Damen. Ich habe, wie Sie wissen, meine Sprechstunden in der Wohnung meiner Mutter. Gestern hörte ich nun eine Dame sagen: „Der neue Badearzt hat wohl noch nicht viel Praxis und auch noch keine Erfahrungen, denn er wohnt ja noch bei seiner Mutter, gehen wir lieber zu einem alten Badearzt." Die Badegäste halten mich für ein Baby! Ich will deshalb von der Mutter fort und mir 3 Zimmer in einem passenden Hause mieten und da dachte ich natürlich an Sie.

Margarete. Warum — natürlich an uns?

Fr. Marschall. Wenn ein Badearzt bei uns wohnt, Margarete, werden wir bekannt.

Fritz (rasch). Geradeso denke ich auch! Ich bin noch nicht bekannt, aber sobald ich bei Ihnen wohne, werden die Kurgäste in Scharen zu mir kommen, denn Sie sind hier — (verlegen) ah, pardon, wollte sagen: Ihre Wohnung liegt außerordentlich passend für die Kurgäste.

Margarete (springt auf, erregt). Nein, Sie wollten sagen, daß wir hier bekannt sind, daß alle Kurgäste über mich die unglaublichsten, abenteuerlichsten Dinge reden! Herr Doktor, es ist nicht schön von Ihnen, daß Sie den Badeklatsch über mich als Reklame benützen wollen! (Geht hin und her, der Mantel geht auf.)

Fritz (ist aufgestanden). Ah, Sie wissen schon von dem Badeklatsch?

Fr. Marschall (ist aufgestanden). Margarete, halte Deinen Mantel fest!

Margarete. O, ich bin so unglücklich über diesen Badeklatsch, daß ich gar nicht mehr wage, auf die Straße zu gehen! Würden Sie, Herr Doktor, bei uns wohnen, dann ginge der Klatsch erst recht an. Nein, nein, es darf nicht sein, (schmollend) es, es — paßt sich auch gar nicht recht.

Fr. Marschall. Dem Reinen ist alles rein!

Margarete. Herr Doktor, wünscht Ihre Frau Mutter, daß Sie bei uns wohnen?

Fritz. Die weiß ja gar nichts davon.

Margarete. Dann bleiben Sie nur ruhig als Baby bei Ihrer Mutter. Ich will unbedingt diesem Badeklatsch über meine Person ein Ende machen.

## Zweiter Akt.

Fritz. Das Beste wäre, Sie würden einen anderen Namen annehmen.

Margarete. Wie kann man das?

Fritz. Heiraten Sie, machen Sie einen Mann glücklich, o, einen Mann, der von dem ersten Augenblicke an, da er Sie gesehen hat, alle seine Patienten vergessen hat, der gerne seine Sprechstunde versäumt, um —

Margarete. Halten Sie ein! Ich kann Sie nicht länger anhören, denn — —

Fritz. Ha, Sie lieben noch den Baron?

Margarete Nein, ich muß jetzt endlich meine Toilette etwas verändern.

Fritz. Ach so. — Nun, dann gehe ich zu meinen Patienten, aber ich komme wieder!

Fr. Marschall. Ja, Herr Doktor, kommen Sie recht bald wieder!

Fritz (giebt die Hand). Auf Wiedersehen, Frau Marschall. (Geht zu Margarete.) Bekomme ich eine Hand?

Margarete (eilt hinter einen Stuhl, reicht Fritz die Hand). Nur von ferne, Sie gefährlichster aller Badeärzte.

Fritz (küßt stürmisch Margaretens Hand). Ach, schöne, schöne Margarete, wenn ich jetzt meine Patienten falsch behandle, ist, ach, die Liebe schuldig daran! Auf Wiedersehen!
(Ab Mitte.)

Fr. Marschall (wirft den Mantel ab, glücklich). Margarete, in einem Vierteljahr bist Du Frau Doktor Corvin! Die Karten zeigten einen Herzbuben, das ist der neue Badearzt! Nun lege ich aber die Karten, wann Euere Hochzeit über dem Wasser stattfindet. (Holt die Karten und legt sie auf den Tisch.)

Margarete (wirft den Mantel ab, sinnend). Mama, glaubst Du wirklich, daß ich in diesem Badeort das Glück finde?

Fr. Marschall. Ja, der neue Badearzt ist Dein Glück, denn hier liegt er schon wieder, der Badearzt, der Herzbube!

Margarete. Ich habe ihn recht lieb, wenn er mit seinen vielen Patienten auch etwas aufschneidet.

Fr. Marschall. Das bringt im Anfang die Praxis mit sich!

### 5. Scene.

Frau **Marschall**. **Margarete**. **Hahn**. Dann **Lina**. Danach **von Dönnhoff**. Später **Dienstmann**.

Hahn (rasch von rechts). Warum hat dieser Kurgast nicht gemietet?

Fr. Marschall. Heinrich, es war ja der Herzbube, der neue Badearzt! Der ist mir lieber wie alle Kurgäste!

Lina (öffnet die Mittelthür, lebhaft). Der feine Herr ist wieder da!

Fr. Marschall. Unter die Mäntel! (Die beiden Damen hängen rasch die Mäntel um.)

Hahn. Gerechter Gott, Ihr seid immer noch im Negligé! Und da liegt auch noch der Besen! (Eilt in die Thüre rechts, beobachtet.)

v. Dönnhoff (durch die Mitte). Habe die Ehre, — Ah!

Fr. Marschall O mein Herr, was werden Sie von uns denken!

v. Dönnhoff. Bitte, meine verehrten Damen, es

## Zweiter Akt.

gefällt mir bei Ihnen so gut, daß ich das Zimmer mieten will. Wie ist der Preis?

Fr. Marschall. Zwanzig Mark pro Woche.

v. Dönnhoff. Schön. Hier ist meine Karte. (Giebt Karte.)

Fr. Marschall (nimmt scheu von ferne die Karte, liest sie). Sehr angenehm, Herr von Dönnhoff.

v. Dönnhoff. Sie erlauben, daß der Dienstmann meine Sachen hereinbringt. (Zu Lina.) Bitte, lassen Sie den Mann eintreten.

Lina (ab, kommt wieder mit Dienstmann).

Dienstmann (durch die Mitte mit Gepäck; trägt es in das Zimmer links hinten, dann ab).

Lina (trägt halb eingepackt ebensolche Gegenstände wie vorn liegen: einen Handbesen, ein Salz- und Pfeffer-Gestell und eine Tüte Zwetschen; vergleicht sie verwundert mit den Sachen vorn).

Hahn (verschwindet rechts, schließt die Thür).

v. Dönnhoff. Haben Sie schon viele Kurgäste, meine Damen?

Fr. Marschall. Nein, heute ist erst das Glück zu uns gekommen und Sie, Herr von Dönnhoff, sind unser erster Kurgast!

v. Dönnhoff. Dieser Tag sollte eigentlich gefeiert werden.

Lina (kommt mit Besen, Gestell und Tüte näher). Mein Herr, soll ich diese Sachen auch in Ihr Zimmer legen?

---

„Der neue Badearzt."
Schwank in 4 Akten von Wilhelm Wagner.
Beilage zur Zeitschrift: **Modernes Badeleben.**

v. Dönnhoff. Ah, meine Einkäufe von gestern Abend! (Nimmt die Sachen.) Madame, dürfte ich mir, als Ihr erster Kurgast, erlauben, Ihnen drei kleine Geschenke zu machen: einen Besen, ein Gestell und ein Pfund Zwetschen?

Fr. Marschall (deutet nach ihren Sachen). Herr von Dönnhoff, — wir sind bereits versehen!

v. Dönnhoff. Das ist Hexerei! — (Blickt Margarete an, geht rasch näher.) — Ja wahrhaftig — die schöne Unbekannte von gestern Abend!

Margarete (lachend). Ja, Herr von Dönnhoff.

v. Dönnhoff (geht rasch näher). O, mein Fräulein, vergeben Sie mir!

Margarete (eilt zurück). Recht gerne, - aber bitte nicht so nahe.

v. Dönnhoff. Mein Gott, wie ist mir, ich habe Sie sicher schon in Berlin gesehen. Sie kamen mir gestern schon bekannt vor, aber man sagte mir, Sie wären früher in einem Cirkus gewesen.

Margarete. Empörend! — Herr von Dönnhoff, Sie haben einen Freund, Herrn Baron Erwin von Vincenti.

v. Dönnhoff. Alle Wetter, Sie sind die schöne Margarete aus der Potsdamer Straße! Ah, pardon! Sie sind die ehemalige Braut meines Freundes.

Margarete. Erzählen Sie in diesem klatschsüchtigen Badeort nichts von meiner früheren Verlobung!

v. Dönnhoff. Gnädiges Fräulein, ich bin Kavalier.

Margarete. Sagen Sie einfach: Fräulein Marschall, denn jetzt vermiete ich an Kurgäste.

## Zweiter Akt.

Fr. Marschall. Aber — Margarete! — Ach, nicht wahr, Herr von Dönnhoff, das waren herrliche Zeiten, als sich meine Tochter mit dem jungen Baron von Vincenti verlobte? (Deutet nach dem Stuhle links vorn.) Bitte, nehmen Sie doch Platz.

v. Dönnhoff (setzt sich links vorn). Wie reizend, daß wir uns hier wieder finden.

Margarete (setzt sich mit Frau Marschall rechts vorn). Wie ist es Ihnen ergangen, Herr von Dönnhoff?

v. Dönnhoff. Nach Ihrer Verlobung mit meinem Freunde mußte ich als Gesandtschafts=Attaché nach Persien. Nun bin ich wieder in Deutschland. Gestern Abend frappierte mich sofort Ihre Erscheinung, ich folgte Ihnen von Laden zu Laden und kaufte, was Sie kauften.

Fr. Marschall. Nicht wahr, zuerst den Besen?

v. Dönnhoff (schwärmerisch). Ja, zuerst den Besen! O, ich war fest entschlossen, der lieblichen Erscheinung zu folgen und selbst vor dem Einkauf von Heringen nicht zurück zu schrecken! Da auf einmal waren Sie verschwunden.

Margarete. Ich trat in ein Haus mit zwei Ausgängen. (Steht auf.) Herr von Dönnhoff, Sie erlauben, daß wir uns zurückziehen, Onkel wird sonst ungeduldig.

Fr. Marschall (steht auf). Herr von Dönnhoff, es ist zu reizend, mit Ihnen zu plaudern!

v. Dönnhoff (steht auf). O, wir plaudern noch öfters zusammen.

Margarete. Nehmen Sie als erstes Frühstück Kaffee, Thee oder Cacao?

v. Dönnhoff. Thee, wenn Sie so gut sein wollen.

Margarete. Sie haben zu befehlen. Eine elektrische Klingel für das Zimmermädchen befindet sich in Ihrem Zimmer.

v. Dönnhoff. Ich werde mich zurückziehen, um die Damen nicht länger zu stören. (Ab links hinten.)

Fr. Marschall. Jetzt bin ich aber ganz irre geworden, ob der Badearzt oder der Kurgast der richtige Herzbube ist. Ich will deswegen gleich die Karten legen.

Margarete. Nein, Mama, das Allerwichtigste ist, daß wir endlich unsere Toilette beenden, sonst kommen wir heute beständig: in die Mäntel, aus den Mänteln.

## 6. Scene.

**Frau Marschall. Margarete. Hahn.**

Hahn (von rechts, zum Ausgehen angekleidet). Also endlich haben wir einen Kurgast. Was werden sich die Nachbarn ärgern!

Fr. Marschall. Hier ist seine Karte. O, er ist ein wahrhaft feiner Mann.

Hahn. Die Hauptsache ist: wieviel zahlt er?

Margarete. Zwanzig Mark und morgens Thee.

Fr. Marschall. Heinrich, bei solch' feinen Leuten klingt Dein Name Heinrich zu gewöhnlich, ich werde Dich deshalb während der Kursaison Henry rufen; im Winter dann wieder Heinrich.

Hahn. Also Henry, schön. Und jetzt gehe ich an die Bahn und hole noch mehr Kurgäste.

Margarete. Onkel, Du mußt noch so lange hier

## Zweiter Akt.

bleiben, bis wir mit unserer Toilette fertig sind. Ich beeile mich. (Ab rechts mit Kleidern.)

Fr. Marschall. Du kannst ja einstweilen hier aufräumen, Henry. Die Karten zeigen Herzbuben! O Henry, wir bekommen sicher lauter Herzbuben=Kurgäste! (Ab rechts.)

### 7. Scene.
#### Hahn. von Dönnhoff.

v. Dönnhoff (erscheint links hinten).

Hahn (trägt Packete und Kaffeegeschirr auf einen Tisch hinten). Aufräumen, Henry. — Kurgäste holen, Henry. — Ja, dazu bin ich da! O unwürdiges Los! Wie lange muß ich noch Mädchen für alles sein? Hätte ich doch eine Stütze des Hausherrn!

v. Dönnhoff (lacht, kommt näher). Ah, wohl der Onkel der Domen?

Hahn. Zu dienen, gnädiger Herr von Dönnhoff. Henry ist mein Sommername. Ich bin zu jeder Zeit zur Verfügung der verehrten Kurgäste. Befehlen Sie etwas, haben Sie schon etwas bekommen, darf ich etwas aufschreiben? (Holt aus der Kommode ein Buch.) Sehen Sie, hier ist mein Fremdenbuch, mein Heiligtum! (Legt das Buch später auf die Kommode.)

v. Dönnhoff. Ich habe vergessen, den Damen eine Mitteilung zu machen.

Hahn. Sagen Sie es nur mir, wann Sie die Stiefel gewichst haben wollen.

v. Dönnhoff. Ich wollte den Damen sagen, daß der alte Baron von Vincenti auch hier zur Kur ist.

Hahn. Wenn er bei uns ein Zimmer mietet, werde ich ihm die Entlobigung verzeihen.

## 8. Scene.

**Hahn. von Dönnhoff. Lina.** Dann **Mariska**.

**Lina** (durch die Mitte). Herr Hahn, hier ist aber Eine, so hab' ich mein Lebtag noch keine gesehen. Sie will unseren Kurgast sprechen.

**Mariska** (durch die Mitte; junge Ungarin im Nationalkostüm, kurzer Rock, hohe Stiefel, sehr kokett, mit einem Briefe). Guten Tag. — Sein ich hier recht bei gnädiges Herrn von Dönnhoff?

**v. Dönnhoff.** Ja, der bin ich.

**Mariska.** Soll ich abgeben von Herrn das meinige, was is Graf Hitzka, an gnädiges Herrn dieses Brief (Giebt von Dönnhoff den Brief.)

**v. Dönnhoff** (öffnet den Brief). Wie haben Sie mich so rasch gefunden, schöne Ungarin?

**Mariska.** O, ich immer sehen, wo Herr schönes hingehen.

**v. Dönnhoff.** Sehr liebenswürdig. (Liest.)

**Hahn** (bewundert Mariska). Ein schönes Mädchen! (Streichelt Mariska die Wangen.) Ajai!

**Lina.** Herr Hahn, wenn das Madame sieht.

**v. Dönnhoff.** Aber Herr Henry! (Tritt näher.) Reizendes Mädel!

**Mariska** (wehrt ab). Teremtete! Nix, gnädiges Herr!

**v. Dönnhoff.** Na, dann sagen Sie einen schönen Gruß und ich käme.

**Mariska.** Werd' alles sagen vom Herrn, schönes, junges. Auf Wiedersehen.

**Hahn und v. Dönnhoff** (eifrig). Auf Wiedersehen!

**Mariska** (mit kokettem Knicks ab durch die Mitte).

## Zweiter Akt.

Lina (eifersüchtig). Ich will nur nachsehen, damit diese Person nichts mitnimmt. (Ab durch die Mitte.)

v. Dönnhoff. Schneidiges Mädchen, was?

Hahn (schwärmerisch). O, wenn ich jetzt nicht auf die Bahn müßte, um Kurgäste zu holen und wenn ich keine Schwester hätte und wenn ich ein reicher Mann wäre, die nähme ich mir aber als Stütze des Hausherrn!

v. Dönnhoff. Na, wer weiß, was noch alles wird! (Lachend ab links hinten.)

Hahn (eilt an das Fenster rechts vorn, blickt verliebt hinaus und wirft laut Kußhände.)

### 9. Scene.

**Hahn Margarete.** Dann Frau **Marschall**.

Margarete (von rechts im Hauskleid, mit einem Deckchen, das sie auf das Sofa legt). Wer knallt denn hier so?

Hahn (schließt das Fenster). O, das sind nur böse Buben auf der Straße. Ich gehe jetzt zur Bahn, um Kurgäste zu holen. Adieu. (Rasch ab durch die Mitte.)

Fr. Marschall (von rechts, elegantes Kleid, geht zum Spiegel). Das Kleid hatte ich damals an, als Du Dich mit dem Baron verlobtest. Die Kurgäste sehen bei uns doch gleich, daß wir von etwas Besserem abstammen, da verlobt es sich viel leichter.

Margarete (ärgerlich). Mama, sprecke doch nicht immer von dem Verloben.

Fr. Marschall. Wenn Du so unzufrieden bist, Kind, und nicht einmal vom Verloben sprechen willst, dann giebt es nur noch ein Mittel: Dich recht bald zu verheiraten!

Der neue Badearzt.

### 10. Scene.

**Margarete. Frau Marschall. Hahn.** Dann **Frau von Linden. Frau Fink. Dienstmann.**

Hahn (durch die Mitte, hält die Thüre weit offen). Bst! bst! Hochfeine Kurgäste! (Spricht unter tiefen Verbeugungen hinaus.) Bitte, bitte, hier meine hochgeehrten gnädigen Damen.

Fr. v. Linden (durch die Mitte; alte, mißtrauische Dame). Guten Tag. (Blickt mit Lorgnette.)

Fr. Fink. Haben Sie billige Zimmer?

Dienstmann (durch die Mitte, mit Gepäck, bleibt an der Thür stehen).

Hahn. Pauline, die Damen brauchen ein Zimmer mit zwei Betten.

Fr. Marschall. Sehr wohl, meine Damen. (Geht nach vorn links, öffnet die Thüre.) Wollen die Damen sich dieses Zimmer ansehen? Sehr freundlich und groß.

Fr. Fink (ab links vorn).

Fr. v. Linden (blickt links vorn hinein). Was soll dieses Zimmer kosten?

Fr. Marschall. 20 Mark pro Woche

Fr. Fink (kommt von links vorn). Das ist viel zu teuer.

Fr. v Linden. Ja, das ist viel zu teuer! (Betrachtet Margarete.) Kennen Sie mich nicht mehr, Fräulein Marschall? Ich bin Frau von Linden, die in der Potsdamer Straße Ihrem Hause gegenüber wohnte.

Margarete (erschrocken). Ach, in der That, gnädige Frau.

Fr v. Linden. Für zehn Mark nehmen wir das Zimmer gleich).

## Zweiter Akt.

**Fr. Marschall.** Gnädige Frau, Sie sind doch so reich; warum sparen Sie so?

**Fr. v. Linden.** Ach, Frau Marschall, ich muß sehr sparen, denn ich habe meinem Schwiegersohn, der bei der Garde Lieutenant ist, jährlich sechzigtausend Mark Taschengeld zu geben.

**Fr. Fink.** Und ich habe sechs Enkelchen und jedem Enkelchen muß ich doch mindestens eine Million hinterlassen.

**Fr. v. Linden.** Wir wollen deshalb die Differenz teilen und fünfzehn Mark sagen.

**Fr. Marschall.** Heinrich, — ah Henry, was meinst Du?

**Hahn.** Meine hochgeehrten Damen, bitte, bitte wenigstens sechzehn Mark.

**Fr. Fink.** Nein, fünfzehn Mark. Kommen Sie, liebe Emma, es giebt noch sehr viele Zimmer.

**Hahn.** Bleiben Sie! Sie sollen das Zimmer haben für fünfzehn Mark.

**Fr. v. Linden.** Schön. — Dienstmann, tragen Sie unser Gepäck hier in das Zimmer.

**Dienstmann** (trägt Gepäck ab links vorn, kommt zurück).

**Fr. Fink** (handelt im Hintergrunde mit dem Dienstmann).

**Dienstmann** (durch die Mitte ab).

**Fr. Marschall.** Ich bin überzeugt, daß es den Damen bei uns gefallen wird.

**Margarete.** Wünschen die Damen zum Frühstück Kaffee?

„**Der neue Badearzt.**"
Schwank in 4 Akten von Wilhelm Wagner.
Beilage zur Zeitschrift: „**Modernes Badeleben.**"

Fr. v. Linden. Nein, nur eine Kanne Wasser. Wir bereiten uns den Kaffee selbst; das sind wir so gewöhnt. Nicht wahr, meine liebe Luise?

Fr. Fink. Ja, meine liebe Emma.

Fr. v Linden. Sorgen Sie nur, daß wir recht, recht ruhig wohnen.

Fr. Fink. Wir sind so nervös, daß wir bei dem geringsten Schrecken zu zittern anfangen. Kommen Sie, meine liebe Emma.

(Frau Fink mit Frau von Linden ab links vorn.)

Fr. Marschall. Heinrich, da hast Du uns schöne Badegäste gebracht!

Hahn (kleinlaut). Du willst mich doch Henry nennen.

Fr. Marschall. Bei solchen Kurgästen genügt der Heinrich!

Hahn. Ich stelle mich jetzt an die Hausthüre, vielleicht finde ich einen besseren Kurgast. (Ab durch die Mitte.)

Margarete. Ach Mama, die alten Damen werden gewiß allen Kurgästen von meiner früheren Verlobung erzählen. Kann man denn gar nicht dem Gerede entfliehen!

Fr Marschall. O doch: heirate entweder den Badearzt oder den Kurgast, — kriegen kannst Du sie alle Beide!

## 11. Scene.

**Margarete. Frau Marschall. Lina. Dann Fritz. Hahn.**

Lina (durch die Mitte). Herr Doktor Corvin. (Ab.)

Fr. Marschall. Ah, da kommt schon einer! — Wir lassen bitten.

Fritz (durch die Mitte). Guten Tag, meine Damen.

## Zweiter Akt.

Ich hörte, daß Sie Kurgäste bekommen haben und beeile mich, Ihnen meine herzlichste Gratulation zu überbringen (Giebt die Hand.) Ach, ich weiß ja, wie wohl das thut: der erste Patient, der erste Kurgast!

Fr. Marschall. Ja, Sie vermögen mit uns zu fühlen, Herr Doktor! Bitte, nehmen Sie Platz. (Alle setzen.)

Fritz. Ich bin ferner gekommen, um Sie einzuladen, morgen das Sommerfest zu besuchen. Meine Mutter und Eveline erscheinen ebenfalls und ich halte eine Rede. (Zu Margarete, feurig.) Aber ich werde oft bei Ihnen sein!

Margarete (kalt). Schicken Sie uns lieber Kurgäste.

Fr. Marschall (entrüstet). Aber Margarete, Du verdirbst die schönsten Augenblicke immer mit diesen Kurgästen!

Hahn (durch die Mitte, traurig). Diesmal war es leider nichts.

Fr. Marschall (steht auf). Henry, hier stelle ich Dir Herrn Doktor Corvin, den neuen Badearzt vor, — mein Bruder Henry.

Fritz (giebt Hahn die Rechte). Ich gratuliere zu den ersten Kurgästen.

Hahn (fromm). Ja, der Himmel hat mein Flehen heute vormittag zwischen 9 und 10 Uhr erhört. — Pauline, haben unsere Kurgäste nichts bekommen, keinen Wein, kein Bier?

Fr. Marschall Ach Henry, unsere Kurgäste haben wir ganz vergessen! Ich will aber gleich sehen, was sie machen, denn es ist so unheimlich still bei ihnen. (Blickt durch das Schlüsselloch der Thüre links vorn.)

Hahn. Ich aber werde an die Bahn gehen, es kommt ein Blitzzug.

**Fr. Marschall** (entrüstet). Was sehe ich denn da! Unsere Kurgäste kochen in der Kommodeschublade! Die beiden Damen stehen vor einer offenen Kommodeschublade und rühren mit zwei Löffeln darin herum! In der Schublade steht ein großer Petroleum-Kochapparat und darauf zwei dampfende Töpfe!

**Margarete** (bei Frau Marschall). Mama, lasse mich schnell diese Kurgäste sehen. (Blickt durch das Schlüsselloch, lachend.) Wahrhaftig! Eben tragen sie die Suppe auf.

**Hahn.** Das sind aber keine Badegäste für ein Haus allerersten Ranges, die in der Kommodeschublade kochen! Lasse mich gucken! (Drängt weg.)

**Fritz.** Lassen Sie den Badearzt zuerst sehen.

**Margarete.** Es ist von hier aus nichts mehr zu sehen, denn sie stehen jetzt am Tische und beten.

**Hahn.** Dann blicke ich vom Garten durch das Fenster in ihr Zimmer. (Will ab.)

**Fr. Marschall.** Henry, die Damen werden Dich erkennen; komm', ich hänge Dir meinen Wintermantel um. (Ab mit Hahn durch die Mitte.)

**Margarete.** Ach, ich möchte auch durch das Fenster sehen. (Will ab.)

**Fritz** (hält Margarete). Bleiben Sie bei mir, teure Margarete! Jetzt ist die Gelegenheit, Ihnen zu sagen, wie heiß ich Sie liebe! Durch meine große Praxis konnte ich es Ihnen bisher noch nicht gestehen!

**Margarete** (spöttisch). Herr Doktor, versäumen Sie deshalb nicht Ihre große Praxis und Ihre schwer kranken Patienten.

**Fritz.** O, Sie sind mir noch lieber als alle schwer

kranken Patienten! (Kniet vor Margarete.) Liebe Margarete, werden Sie meine Frau!

Margarete. Sie haben ja noch gar keine Patienten.

Fritz. O, die bekomme ich, wenn Sie meine Frau sind! (Man hört hinter der Bühne links Glas zerbrechen und zwei Damen schreien.)

## 12. Scene.

**Margarete. Fritz. Frau von Linden. Frau Fink. Dann Hahn. Lina. Frau Marschall. von Dönnhoff.**

Fr. v. Linden (von links vorn, mit Haube und großem weißen Schürze, in der Hand einen Topf Kartoffeln, sehr erregt). Wir ziehen aus! Ein vermummter Mann ist unserem Fenster hereingefallen! (Sieht Fritz knien, verschämt.) O, hier knien ja die Männer! Liebe Luise, hier ist es für uns zu gefährlich!

Fr. Fink (von links vorn, mit Haube und großem weißen Schürze, wirft sich in einen Sessel). Ich zittere vor Schrecken! Meine Nerven! Man rufe einen Badearzt!

Fritz (springt auf, glücklich). Ein Badearzt? Hier bin ich!

Hahn (einen Wintermantel dicht um den Kopf, durch die Mitte mit Frau Marschall und Lina).

Fr. Marschall. O Henry, warum bist Du denn durch das Fenster gefallen!

Hahn (sucht sich von dem Mantel zu befreien, kläglich). Weil ich nichts sehe in diesem Mantel!

Fr. Fink (entsetzt). Hu, der vermummte Mann kommt auch hierher! Ein Badearzt!

Fr. v. Linden (sinkt in einen Sessel). Wo ist ein Badearzt?

**Fritz** (eilt zu Frau Fink, dann zu Frau v. Linden). Hier, hier meine Damen!

**v. Dönnhoff** (von links hinten). Ein reizendes Logie!

**Fr. v. Linden** (zu Fritz, verwundert). Sie sind ein Badearzt? Knien Sie vor allen Patienten?

**Fritz.** Nein, nur vor der schönen Margarete!

**Fr. v. Linden.** Das ist schlau. Wenn Sie sich mit d i e s e m Fräulein verloben, werden Sie bald bekannt sein und v i e l e P a t i e n t e n bekommen!

**Fritz** (glücklich). Viele Patienten! O, dann verlobe ich mich sofort! (Wendet sich zu Margarete.)

**Margarete** (stolz). Ich aber v e r z i c h t e auf diese Reklame=Verlobung! (Ab rechts.)

**Fritz** (verblüfft). Sie will mich nicht! Die schönste Praxis habe ich verloren!

(Vorhang).

Dritter Akt.

## 3. Akt.

(Parkdekoration. Bänke und Stühle. Eventuell an den Bäumen Lampions, über den Wegen Guirlanden, Fahnen. Manchmal von fernher Violinmusik.)

### 1. Scene.

**Frau von Linden. Frau Fink**
(kommen von rechts, blicken sich ängstlich um).

Fr. v. Linden. Liebe Luise, wo sind wir denn hier?

Fr. Fink. Liebe Emma, ich glaube, wir befinden uns in der Seufzerallee, die fast nur von Liebenden besucht wird. Wir wollen uns setzen und ein wenig von dem Badeklatsch plaudern. (Beide setzen.)

Fr. v. Linden. Und von dem Essen und Trinken.

Fr. Fink. Ach, wie billig leben wir doch hier durch unser Kochen in der Kommodeschublade!

Fr. v. Linden. O, ich muß auch sehr sparen, liebe Luise, ich habe erst gestern meinem Schwiegersohn einen Wechsel über 20,000 Mark geschickt. Die guten Kinder müssen doch standesgemäß leben.

Fr. Fink. Natürlich, liebe Emma!

Fr. v. Linden. Welch' eine herrliche Erfindung von uns, dieses Kochen in der Kommodeschublade! Kommt Besuch, so schiebt man die Schublade zu und niemand merkt etwas.

## 2. Scene.

Die **Vorigen**. Madame **Leclaire**. **Bill-Bull**. Frau **Corvin**. **Eveline** (langsam von rechts hinten).

Mad. Leclaire (lebhaft). Teure Frau Corvin, ich schätze und liebe Sie wie meine gute Mutter, deshalb bitte ich Sie wiederholt: warnen Sie den Herrn Doktor nur dringend vor dieser Margarete. Dieses Mädchen hat eine sehr dunkle Vergangenheit.

Fr. Corvin. Ist es denn so schlimm mit ihr?

Mad. Leclaire. Gewiß! Margarete Marschall ist eine herzlose Kokette, die alle Herren an sich lockt.

Eveline (erregt). Ah, jetzt weiß ich es endlich, warum für uns brave Mädchen keine Bräutigams mehr übrig sind! Die Männer sind ganz unschuldig, nur diese schlechten Koketten verderben sie! O, wie ich alle Koketten hasse!

Fr. Fink. Da kommen Leute, wir wollen sie nach dem Weg fragen. (Geht zu Fr. Corvin.) — Guten Tag. — Können Sie uns sagen, wie wir nach dem Kurhaus kommen?

Fr. Corvin (deutet nach links). Meine Damen, dieser Weg, die Seufzerallee, führt direkt zum Kurhaus. Wir gehen ebenfalls nach dem Kurhaus; dort wird nachher eine Rede gehalten, denn heute ist das große Sommerfest.

Dritter Akt.

Fr. Fink. Wenn Sie es gestatten, werden wir uns Ihnen anschließen. — Sie scheinen hier bekannt zu sein. — Können Sie uns sagen, wo man das Petroleum am billigsten einkauft?

Fr. Corvin. Ich kann den Damen ein gutes Geschäft empfehlen.

Fr. v. Linden. Können Sie uns auch einen billigen Badearzt empfehlen?

Eveline (eifrig). Ja, den Doktor Corvin!

Fr. v. Linden. O, den kennen wir! Dieser Badearzt kniet ja vor jedem hübschen Mädchen. Eine andere Praxis hat er sonst nicht.

Fr. Corvin. O Fritz!

Fr. v. Linden. Ich wundere mich, daß Sie noch nichts davon wissen. Das ganze Badepublikum spricht ja von nichts Anderem, als von dem neuen Badearzt und der schönen Margarete.

Mad. Leclaire (zu Frau Corvin). Hören Sie, so weit ist es schon.

Fr. Corvin. Armer Fritz!

Fr. Fink. Margarete will aber nichts von ihm wissen, denn sie lief zornig von ihm fort.

Mad. Leclaire (rasch). O, das ist ein beliebtes Manöver der Koketten, das kennen wir!

Eveline (rasch). Jawohl, das kennen wir!

Fr. v. Linden (blickt nach rechts). Dort geht die schöne

„Der neue Badearzt."
Schwank in 4 Akten von Wilhelm Wagner.
Beilage zur Zeitschrift: „**Modernes Badeleben.**"

Margarete! Ihre Mutter und der närrische Onkel sind bei ihr. Kommen Sie, wir gehen schnell nach dem Kurhaus, damit wir nicht mit ihnen zusammen treffen!

Fr. Corvin. Ach, Fritz ist nirgends zu sehen und er soll doch nachher die Rede halten!

Mad. Leclaire. Sicherlich kniet er wieder irgendwo. Er müßte eine recht erfahrene Frau haben. Nun, ich werde mit ihm reden.

Fr. Corvin. Ja, bitte thun Sie das, aber bald.
(Alle ab links.)

### 3. Scene.

**Frau Marschall. Hahn. Margarete** (von rechts).

Fr. Marschall (geputzt, vornehm, blickt nach links, lebhaft). Dort gehen unsere Kurgäste mit Frau Corvin, Eveline und Madame Leclaire. — Kommt, wir gehen ihnen nach. Doktor Corvin hält jetzt auch bald seine Rede.

Hahn (altmodischer Gehrock, Handschuhe, hoher Stehkragen, Regenschirm, fühlt sich ungemütlich, ärgerlich). Ich möchte denn doch wissen, was ich eigentlich hier in der Promenade zu suchen habe (geht steif) und so in diesem bummeligen Kurgastschritt auf- und abwandern muß.

Fr. Marschall. Aber Henry, heute ist doch das großartige Sommerfest!

Hahn. Nenne mich nicht Henry, ich heiße Heinrich! Was geht mich das Sommerfest an!

Fr. Marschall. Henry, benehme Dich nicht so gewöhnlich.

Hahn. Der Heinrich setzt sich jetzt hierher, denn er hat genug gebummelt. (Setzt sich rechts.)

## Dritter Akt.

Margarete (mit Sonnenschirm, traurig, setzt sich links). Ich setze mich auch, (seufzend) denn ich habe kein Interesse an diesem Feste.

Fr. Marschall. Bedenkt doch, daß wir bessere Vermieter sind!

Hahn Ach, wird zu Hause die Lina auch alles richtig aufschreiben? Nein, sie wird ihren Schatz kommen lassen und wahrscheinlich gehen sie an die teure Leberwurst!

Fr. Marschall. Rede doch nicht im Kurgarten von Leberwurst!

Margarete. Mama, ich werde von der nächsten Woche ab barmherzige Schwester!

Fr. Marschall. Barmherzige Schwester?!

Hahn (springt auf). Sie hat im Kurgarten den Spleen bekommen! So ist es, wenn die Vermieter Kurgäste spielen!

Fr. Marschall. Und das ganze Unglück nur, weil ein Badearzt vor ihr gekniet hat! Wie manches Kurgast-Mädchen würde gern hundert Mark für ärztliche Behandlung zahlen, wenn ein Badearzt vor ihr auf die Knie fiel!

Margarete (springt auf, zornig). Du vergißt, daß er nur zu uns gekommen ist, um durch mich bekannt zu werden, weil von mir alle Kurgäste reden! O Gott, von Berlin sind wir fortgezogen, um dem elenden Gerede zu entfliehen, und nun spricht man hier noch viel mehr über mich!

Fr. Marschall. Meine Karten zeigen aber doch jeden Morgen beim Kaffeetrinken Herzbuben und eine Heirat über dem Wasser.

Margarete. Ich glaube den Herzbuben nichts mehr. Ich werde barmherzige Schwester.

Hahn. Dann geben wir das Vermietungsgeschäft auf! Geht alle Beide in ein Kloster! (Reißt an der Halsbinde.) Verfluchte Krawatte! O, wäre ich nie geboren!

### 4. Scene.
#### Die Vorigen. Fritz.

Fritz (von rechts, mit Cylinder, liest laut aus einem Hefte). Die Perle unter allen Kurplätzen aber ist unser schönes, unser gesegnetes, unser —— — (blickt auf, glücklich.) Hurra, da ist ja meine liebste Patientin!

Margarete (kühl). Mein Herr, was berechtigt Sie zu dieser Vertraulichkeit?

Fritz. Aber ich habe doch schon vor Ihnen auf den Knien gelegen! Sie sind Zeuge, Frau Marschall!

Fr. Marschall (freudig). O gerne, Herr Doktor!

Fritz. Sind Sie mir denn wirklich noch böse?
(Steckt das Heft ein.)

Margarete. Sie fragen noch!

Hahn (böse). Das Mädel will barmherzige Schwester werden — wegen Ihnen!

Fritz. Die Kurgäste aber sagen, wir wären heimlich verlobt. (Freudig.) Es hat mir schon zwei wirkliche Patienten eingebracht, zwei Berliner, die sich nur Bäder von mir verschreiben ließen, um von Ihnen reden zu können.

Margarete. Ah, Sie gestehen also offen ein, daß Sie meinen Ruf dazu benützen, um Patienten zu bekommen!

## Dritter Akt.

**Fritz.** Verdammen Sie mich nicht! Was helfen mir meine Kenntnisse, wenn ich als Badearzt bei den Badegästen nicht bekannt bin. Ich werde gewiß eine Leuchte unter den Badeärzten und den Ruhm unseres gesegneten Kurortes in der ganzen Welt verbreiten. (Kniet vor Margarete.) Darum, opfern Sie sich, teure Margarete, und werden Sie meine Frau, damit ich bekannt werde und endlich Patienten bekomme!

### 5. Scene.

**Die Vorigen. Frau Corvin. Eveline** (von links). Später **Portier.**

**Margarete.** Herr Doktor, — Ihre Mutter.

**Fritz.** So oft ich vor Ihnen knie, werde ich doch gestört! (Steht langsam auf.)

**Eveline.** Mama, er kniet sogar im Kurgarten vor ihr! Und nachher soll er eine Rede halten!

**Fr. Corvin** (streng). Fritz, so ist es also doch wahr, was die Kurgäste erzählen.

**Margarete** (eilt zu Frau Marschall). Mama, verlassen wir sogleich die Seufzerallee!

**Fritz.** Nein, bleiben wir in der Seufzerallee!

**Eveline** (böse). Wir wissen jetzt, wie die Koketten die Herren anlocken. Andere, brave Mädchen bleiben dadurch sitzen. Es ist zu unrecht!

**Margarete** (flehend). Mama, komme!

**Fr. Marschall** (zornig). Nein, jetzt gerade nicht! Ich werde Dich schon verteidigen!

**Portier** (von links hinten, rasch). Aber Herr Doktor,

wo stecken Sie denn? Alles wartet auf Sie! Sie müssen doch die Rede halten! Kommen Sie schnell!

Fritz. Ha, meine Rede! Hier in der Seufzerallee wollte ich sie lernen, jetzt kann ich noch kein Wort davon! Das wird nett werden!

Portier. Die Kurgäste warten schon! (Rasch ab links hinten.)

Fr. Corvin. Fritz, so gehe doch!

Fritz. Ich bin ja hier noch nicht fertig! (Geht rasch zu Margarete und küßt ihre Hände.) Teure Margarete, ich bin vorhin unterbrochen worden, deshalb biete ich Ihnen noch einmal mein Herz und meine Hand an, weil ich Sie liebe! Wenn Sie meine Frau sind, wird niemand mehr Böses von Ihnen reden. Aber von dem neuen kühnen Badearzt wird man dann reden und die Patienten werden in Scharen zu mir kommen! So, jetzt bin ich bereit, mit meiner Rede durchzufallen! (Rasch ab links hinten.)

Fr. Marschall (stolz). Nun, Frau Corvin, haben Sie gehört, was Ihr Herr Sohn gesagt hat?

Fr. Corvin (stolz). Ich habe es gehört und werde, nachdem er mit seiner Rede durchgefallen ist, sehr ernstlich mit ihm sprechen! Komm, Eveline. (Rasch ab links hinten.)

Eveline (stolz). Adieu! — (Ab links hinten.)

Fr. Marschall. Diese hochmütige Frau Margarete, wenn wir keine Vermietersleute wären, würde ich nicht leiden, daß Du einen Badedoktor heiratest, der keine richtigen Patienten hat! Aber jetzt wollen wir auch dabei sein, wenn er mit seiner Rede durchfällt und sehen, wie sich seine Mutter ärgert!

## Dritter Akt.

Hahn (geht hin und her, bleibt plötzlich stehen, blickt nach rechts, lebhaft). Ah da, — da ist sie!

Margarete. Ja, wenn er stecken bleibt, das möchte ich auch sehen, weil er so ungezogen ist.

Fr. Marschall. Also kommt schnell mit

Hahn (blickt verliebt nach rechts). Pauline, ich komme gleich nach! Ich will nur schnell ein Festprogramm holen. (Will rechts ab.)

Fr. Marschall (hält Hahn). Henry, warum bist Du so aufgeregt? Henry, Du blickst doch nicht etwa nach dort dem ungarischen Kindermädchen? Schäme Dich gleich und denke an unsere Kurgäste, Heinrich!

### 6. Scene.

Frau Marschall. Hahn. Margarete. Madame Leclaire. Bill-Bull (von links).

Mad. Leclaire (sehr liebenswürdig). Ah, ich bin hocherfreut, Sie hier zu sehen, meine Damen; wir haben uns neulich bei Frau Corvin kennen gelernt. (Giebt den Damen die Hand.)

Fr Marschall. Ich erinnere mich mit Vergnügen, gnädige Frau. Ah, Sie haben Ihren lieben Knaben wieder bei sich.

Mad. Leclaire. Sie lieben diesen Knaben! O das wird meine Aufgabe wesentlich erleichtern. Geben Sie in Ihrer Wohnung auch Pension?

Fr. Marschall. Bis jetzt noch nicht.

Hahn (der heimlich nach rechts geblickt hat, eifrig). Aber wenn es die geehrten Kurgäste wünschen, fangen wir auch

noch das Kochen an für die gnädige Frau und den gnä=
digen Herrn Sohn.

Mad. Leclaire. Dieser schwarze Knabe ist nicht
mein Sohn, er ist der Negerfürst Bill=Bull.

Hahn (demütig). Ein Fürst! Habe die Ehre, Durch=
laucht!

Mad. Leclaire. Wollen Sie den Fürsten in Pension
nehmen? Mit dem Essen ist er nicht verwöhnt, nur muß
er täglich zweimal mit Glycerin gewaschen werden.

Fr. Marschall. Henry, was meinst Du?

Hahn. Wieviel zahlt denn Durchlaucht für seine
Pension und seine Glycerinwäsche?

Mad. Leclaire. Vorerst nichts, aber der Fürst
könnte Ihnen als Reklame dienen.

Hahn (rasch). Nein, ich nehme ihn nicht! Wir können
in einem Hause allerersten Ranges keinen Fürsten gebrauchen,
der nichts bezahlt und mit Glycerin gewaschen werden muß!

Fr. Marschall. Aber Henry!

Hahn. Du kannst auch hier Heinrich sagen!

Mad. Leclaire. Ich würde Ihnen noch einen ganz
besonderen Vorteil gewähren.

Hahn. Nun?

Mad. Leclaire. Ich würde Ihnen erlauben, den
Fürsten als Ihren Sohn zu adoptieren.

Hahn. Ich soll Kurgäste als meine Kinder adop=
tieren? Nein, das thue ich nicht!

Fr. Marschall. Verzeihen Sie, gnädige Frau, daß
wir Ihre Bitte abschlagen müssen.

## Dritter Akt.

**Mad. Leclaire** (liebenswürdig, forschend). Aber Sie werden wohl erlauben, daß ich Sie manchmal besuche, nicht wahr?

**Fr. Marschall.** Es wird uns eine Ehre sein.

**Mad. Leclaire** (zu Margarete). Nicht wahr, Herr Doktor Corvin, der neue Badearzt, kommt oft zu Ihnen?

**Margarete** (kühl). Der Herr war nur zweimal bei uns.

**Mad. Leclaire.** Hüten Sie sich vor dem Herrn; er ist der größte Bade=Don Juan. Seine Spezialität ist, vor allen Damen zu knien.

**Margarete.** O, mein Gott!

**Mad. Leclaire** (eifrig). Ich warne Sie sehr vor dem Herrn, und glauben Sie ja nicht, daß er Sie heiraten wird. (Stolz). Das würde auch seine Mutter gar nicht dulden.

**Fr. Marschall.** Seine Mutter? (Entrüstet.) Madame, hat Frau Corvin Sie zu uns geschickt, um in dieser Weise mit meinem Kinde zu reden?

**Mad. Leclaire.** (verächtlich). Bin ich Ihnen darüber Aufklärung schuldig?

**Fr. Marschall.** Jawohl, das sind Sie! Zu welchem Zwecke sind Sie also zu uns gekommen? Um Ihren schwarzen Schlingel, der überall die Tinte ausleckt, umsonst in unserem Hause allerersten Ranges unterzubringen und um meine Tochter aufzuregen? Madame, wir danken dafür! Sind wir auch jetzt nur einfache Vermietersleute, so kann meine Tochter doch jeden Tag zwei Herzbuben, wollte sagen: zwei reiche Männer bekommen, was Sie vielleicht nicht sagen können! (Stolz.) Margarete, Henry, folget mir nach, wir wollen zu **feineren** Kurgästen gehen!

Hahn (blickt nach rechts). Ah, da kommt sie!

Fr. Marschall. Henry, komme sofort! (Ab links mit Margarete und Hahn.)

Mad. Leclaire. Ah, dieses freche Volk!

### 7. Scene.

**Madame Leclaire. Bill-Bull. Mariska.**

Mariska (von rechts, mit Kinderwagen, singt). Schlaf, Kindchen schlaf, Dein Vater ist ein Graf. (Lachend.) Nun, Frau — Müller, haben Sie sich etwas geärgert? (Stellt den Wagen an eine Bank.)

Bill-Bull (steigt auf die Bank und grinst in den Wagen, steigt dann hinein und deckt sich ganz zu).

Mad. Leclaire (betroffen). Hulda! — — Wie kommen Sie als ungarisches Kindermädchen hierher?

Mariska. Es hat mir als Kellnerin in Berlin nicht mehr gefallen, ich wollte eine Badekur gebrauchen. Aber was suchen Sie hier, Frau — Müller? (Setzt sich.)

Mad. Leclaire (setzt sich zu Mariska). Ich suche einen reichen Mann. Wenn Sie etwas wissen, können Sie es mir sagen.

(Kindergejammer.)

Mariska. Oder ich behalte ihn für mich. (Nach dem Wagen.) Still, Du Racker!

Mad. Leclaire. O, es sind für uns beide genug Kurgäste hier und in einem Kurort sind die Männer beinahe geradeso leichtsinnig wie in Berlin.

Mariska. Das habe ich auch schon gefunden.

Mad. Leclaire (blickt nach rechts, steht auf). Kommen Sie, dort gehen Bekannte, die dürfen mich nicht bei Ihnen sehen. Ich erzähle Ihnen am anderen Ende der Seufzer=allee vom Badeklatsch. — Bill=Bull, wo bist Du? Ach, er ist gewiß weggelaufen, der Schlingel.

Mariska. Ist der schwarze Bengel wirklich ein Fürst?

Mad. Leclaire. Unsinn, er dient mir nur als Reklame; aber schwarz ist er wirklich. (Mit Mariska, die den Kinderwagen, worin Bill=Bull liegt, fährt, ab links hinten.)

## 8. Scene.

**Baron** (von rechts hinten, blickt sich um, will rasch links ab). **von Dönnhoff.** Später Madame **Leclaire.**

v. Dönnhoff (rasch von rechts vorn, lachend). Halt, Herr Baron!

Baron (verlegen). Ah, Herr von Dönnhoff! Famoses Wetter heute zum Sommerfeste, was?

v. Dönnhoff. Und Sie finde ich schon wieder auf verbotenen Pfaden, Herr Baron. Der Arzt hat Ihnen doch jede Aufregung verboten.

Baron. Aber der Mensch muß doch irgend eine passende Beschäftigung haben, und da schneide ich in der Kur einfach die Kur.

v. Dönnhoff. Deshalb sind Sie wohl eben im Be=griffe, dem schönen ungarischen Kindermädchen die Kur zu machen?

Baron. Ja, famoser Käfer das!

v. Dönnhoff. Aber Herr Baron — ein Kindermädchen!

Baron. O, ich bin Kurgast, und Kurgäste dürfen alles thun!

Mad. Leclaire (von links hinten). Bill-Bull, wo bist Du? — Ah, guten Tag, meine Herren. Haben Sie den Fürsten gesehen?

Baron. Nein, gnädige Frau!

Mad. Leclaire. Dann ist er verloren gegangen! Hier hatte ich ihn das letzte Mal. Kommen Sie schnell mit mir, meine Herren und helfen Sie mir den Fürsten suchen.

v. Dönnhoff. Sogleich, gnädige Frau!

Baron (blickt nach links). Da kommt sie!

Mad. Leclaire (entrüstet). Aber, Herr Baron, Sie sehen doch hoffentlich nicht nach einem — Kindermädchen! (Kokett.) Wenn Sie heiraten wollen, können Sie ganz andere Ansprüche machen. (Mit Baron und v. Dönnhoff ab rechts.)

## 9. Scene.

**Mariska.** Dann **Hahn**.

Mariska (mit Kinderwagen, worin **Bill-Bull**, von links vorn, setzt sich in den Hintergrund). Schlaf, Kindchen schlaf, Dein Vater hüt' die Schaf.

Hahn (erscheint links hinten, blickt sich scheu um). Fräulein! — Fräulein! Darf ich zu Ihnen kommen? Es ist doch auch kein Kurgast in der Nähe? (Setzt sich zu ihr.) Ach, schöne Mariska, seitdem ich Sie gesehen, vergesse ich oft aufzuschreiben, was die Kurgäste bekommen haben.

Mariska. Nix, altes Herr, altes!

Hahn (seufzend). Wohl bin ich schon etwas ältlich, aber, o Mariska, Sie sind meine erste Liebe!

## Dritter Akt.

Mariska. Leute kommen, altes Herr!

Hahn (springt auf, versteckt sich hinter dem Kinderwagen) Um Gotteswillen! Meine Schwester darf mich nicht sehen. — Aber es kommt ja niemand. (Setzt sich zu Mariska.) Ach, wie sind Sie so schön! Und die hohen Wasserstiefel!

Mariska (glättet am Stiefel). Ach, wie der Stiefel drückt.

Hahn. Darf ich helfen?

Mariska (schlägt Hahn auf die Hand). Nix, altes Herr! (Deutet in den Kinderwagen.) Nix so wild sein, Kindchen klanes, was is klanes Graf, sonst wanen.

Hahn: Lassen Sie Kindchen klanes doch wanen. Geben Sie mir einen Kuß!

Mariska! Ich bussele nicht mit altes Herr!

Hahn. Ich schenke Ihnen auch etwas.

Mariska. Was denn?

Hahn. Mein Herz!

Mariska. Herz is mir zu alt.

Hahn. Mariska, lassen Sie mich busseln, dann schenke ich Ihnen etwas Rechtes.

Mariska (deutet nach rechts). Da kommt ein sehr feines Herr.

Hahn (springt auf). Ha, ein Kurgast! Mariska, gewähren Sie mir später ein Rendezvous.

Mariska. In einer halben Stunde hier in der Seufzerallee.

Hahn. Ich komme! (Rasch ab links.

Mariska (den Kinderwagen hin= und herschiebend). Schlaf, Kindchen schlaf, Dein Vater hüt' die Schaf.

## 10. Scene.

**Mariska** (mit Kinderwagen, worin **Bill-Bull**). **Baron.** Zuletzt **Stimmen hinter der Bühne.**

Baron (von rechts). Endlich finde ich schöne Ungarin allein! (Giebt ein Stück Chokolade.) Hier, meine Liebe, erlauben Sie mir, daß ich mich ein wenig zu Ihnen setze. (Setzt sich neben Mariska.) Reizendes Mädel!

(Kindergejammer.)

Mariska. Still, Kind armes im Wagen thut wanen.

(Ißt Chokolade.)

Baron. O, ich werde es fahren! (Schiebt den Wagen hin und her, das Geschrei hört auf.) Bekomme ich auch einen Kuß, mein Engel?

Mariska. Nehme in der Kur nur richtige Heiratsanträge an.

Baron. Ach was. Nun, man kann ja auch davon reden; in der Kur kann man von allem reden!

(Kindergejammer.)

Mariska. Still Du Racker! Hier, lutsche! (Wirft Chokolade nachlässig in den Wagen, schiebt den Wagen dann beiseite.)

Bill-Bull (greift unter der Decke hervor und ißt die Chokolade).

Baron. Das Ungarische, das Sie reden, ist wirklich entzückend!

Mariska. Sie sein ein Witwer.

Baron. Jawohl, ich sein ein Witwer. Gottvoll, wie sie das redet!

Mariska. Na also, was manens dann?

Baron. Sogar bayrisch kann sie! — Ah, Sie wollen also unbedingt geheiratet sein. Fatale Sache. Aber glückliche

Dritter Akt. 79

Idee: ich brauche bald ein Kindermädchen, weil ich einen Buben adoptieren muß; ich will Sie engagieren. (Genügt das nicht?

(Kindergejammer.)

Mariska. Still, Du Racker! Ich will nix mehr Kindermädchen sein, Racker zuviel wanen.

Baron (schiebt den Wagen hin und her). Ja, want auffallend viel, dieser Racker. Ach, bald werde ich nun auch so einen Racker haben, sogar einen schwarzen. Solche Kurerfolge haben wenig Badegäste! Lieber Schatz, ich möchte Ihnen gerne ein Küßchen geben.

Mariska. Nix bussseln! (Deutet nach links.) Dort kommen Kurgäste.

(Stimmen hinter der Bühne: Bill Bull.)

Baron. Fatale Störung! Aber wir sehen uns wieder, meine schöne Ungarin! (Rasch ab rechts.)

Mariska (den Kinderwagen hin- und herschiebend). Schlaf, Kindchen schlaf, Dein Vater hüt' die Schaf, Deine Mutter hüt' die Lämmerchen, schlaf, Kindchen schlaf.

## 11. Scene.

**Mariska** (mit Kinderwagen, worin **Bill-Bull**). **Madame Leclaire. Frau Corvin. Eveline. Frau von Linden. Frau Fink. von Dönnhoff. Portier** (von links).

Mad Leclaire. Hier hatte ich Bill=Bull das letzte Mal bei mir! Bill=Bull, mein lieber, mein süßer Junge, wo bist Du!

Die Anderen. Bill=Bull! Wo ist Bill=Bull? Bill=Bull ist verloren gegangen!

Mad. Leclaire. Er ist mir fortgelaufen, der ungezogene Schlingel! Aber so macht er es in allen Badeorten!

Fr. Corvin. Ach, der arme schwarze Knabe!

Fr. v Linden. Welch' ein bewegter Kurtag!

Eveline. Ach Mama, Fritz ist seit der unglücklichen Rede auch nicht mehr zu sehen! Fritz! Fritz!

Die Anderen. Bill-Bull! Fritz! Fritz!

Mad. Leclaire. Bill-Bull ist vielleicht in den Ententeich gefallen, das macht er in allen Kurorten einigemale.

Eveline. Und sicher ist Fritz auch in den Ententeich gefallen, — aus unglücklicher Liebe!

Fr. Fink. Unglückliche Liebe! Emma, meine Nerven!

Mad. Leclaire. Retten wir beide! (Ab rechts.)

Die Anderen. Nach dem Ententeich! (Ab rechts.)

Mariska. Ich will auch retten helfen! (Fährt mit dem Kinderwagen, aus dem Bill-Bull manchmal heimlich grinsend geblickt hat, rechts ab.)

## 12. Scene.

**Margarete.** Dann **Fritz.**

Margarete (von links). Bill-Bull! Fritz! Ach Gott, sie sind beide sicher in den Ententeich gefallen — aus unglücklicher Liebe! (Will rechts ab.)

Fritz (rasch von links, lustig). Halt, Margarete, hier bin ich!

Margarete (glücklich). Gott sei Dank! (Kalt.) Ihre Mama wird sich recht freuen, daß Sie noch am Leben sind, ich aber will jetzt rasch Bill-Bull retten helfen. (Will ab rechts.)

## Dritter Akt.

**Fritz** (hält Margarete). Nein, Margarete, Sie sind leidend und meine Pflicht als Badearzt gebietet mir, Sie zu heilen.

**Margarete** (wehrt ab). Nein, nein! Ich will von den Badeärzten nichts mehr wissen! Ich werde eine barmherzige Schwester.

**Fritz.** Himmel, habe ich heute aber Pech! In der großen Rede stecken geblieben und hier bekomme ich einen Korb nach dem anderen.

**Margarete** (freudig). Daß Sie stecken geblieben sind, freut mich wirklich.

**Fritz.** Gott sei Dank, Sie haben doch noch e i n e irdische Freude!

**Margarete.** Es war meine letzte, denn länger kann ich den Badeklatsch über mich nicht ertragen. Ich werde Schwester; — schwarz kleidet mich auch sehr gut.

**Fritz.** Wenn Sie eine barmherzige Schwester werden wollen, müssen Sie alle Menschen lieben.

**Margarete** Ich liebe auch alle Menschen, — außer einigen Kurgästen, die über mich geredet haben.

**Fritz.** Also ich bin bei den Geliebten!

**Margarete** (lächelnd). Sie sind der größte Bösewicht.

**Fritz.** Das bedeutet bei den Damen: ich liebe Dich! (Kniet vor Margarete.) Margarete, jetzt müssen Sie meine Frau werden! Meine Praxis verlangt dringend nach einer Frau!

---

„**Der neue Badearzt.**"
Schwank in 4 Akten von **Wilhelm Wagner**
Beilage zur Zeitschrift: „**Modernes Badeleben.**"

Der neue Badearzt.

### 13. Scene.
#### Die Vorigen. Frau Marschall.

Fr. Marschall (von rechts, suchend). Bill=Bull! Wo nur der schwarze Neger steckt! (Sieht auf.) Ah!

Fritz (steht auf). Herr Gott, ich werde ja schon wieder in meiner Praxis gestört!

Fr. Marschall (rasch). O, bitte vor mir brauchen Sie sich in dieser Praxis nicht stören zu lassen, — wenn Sie reelle Absichten haben.

Fritz (umfaßt Margarete). Frau Marschall, Margarete will meine Frau werden!

Margarete (geht von Fritz). Nein, Mama, Du weißt, daß meine Seele mit aller Macht nach etwas ganz anderem verlangt.

Fr. Marschall. Kind, wie meine Seele so jung war wie Deine Seele, da hat sie nach einem Bräutigam verlangt — mit aller Macht. Du brauchst Dich also nicht vor uns zu genieren und kannst ja sagen.

Margarete (schmollend). Den Badeklatsch kann ich aber nicht länger ertragen!

Fritz. Der hört auf, sobald wir verheiratet sind.

Margarete. Ist das wahr, Mama?

Fr Marschall. Ganz gewiß!

Margarete. Ach, um diesem Badeklatsch endlich ein Ende zu machen, würde ich schon etwas wagen.

Fr Marschall. Herr Doktor, jetzt hat sie die Heirat zugegeben. Diese Patientin haben Sie gründlich geheilt!

Fritz (küßt Margarete). Meine süße Margarete!

Fr. Marschall. Geniert Euch gar nicht vor mir, ich sehe weg. (Blickt weg.)

Margarete. Du böser, böser Badedoktor! (Küßt Fritz.)

## Dritter Akt.

Fritz. Wenn das die Kurgäste sehen würden, da bekäme ich aber Praxis! (Blickt sich um.) Sind denn keine Badegäste in der Nähe? Nein, sie suchen mich ja im Ententeich! Herr Gott, jetzt werde ich aber berühmt!

Margarete (geht von Fritz). O, nur keinen neuen Badeklatsch! Mama, ich fürchte aber auch das Gerede bei der Trauung.

Fr. Marschall. Dann laßt Euch doch auswärts trauen!

Fritz. Herrlich! Margarete, wir lassen uns in Helgoland trauen, dort braucht man nicht vorher aufgeboten zu werden, und Helgoland ist auch ein Badeort.

Margarete. Ach, wie romantisch! Aber Mama muß mitreisen.

Fritz. Aber die Kurgäste hier?

Fr. Marschall. Wozu haben wir den Onkel Henry! Er wird solange das Vermietungsgeschäft allein führen und sich eine Stütze des Hausherrn nehmen. (Blickt nach rechts.) Dort kommt der Onkel zufällig! Henry! Henry! Ach Margarete, die Karten trügen nicht! Du hast jetzt Deinen Herzbuben und die Hochzeit ist über dem Wasser!

### 14. Scene.
#### Die Vorigen. Hahn.

Hahn (von rechts). Was soll ich denn?

Fr. Marschall. Henry, hier gratuliere unserem Brautpaar.

Hahn. Ah! — Ich gratuliere.

Fritz. Herzlichen Dank, lieber Onkel.

Fr. Marschall. Sie wollen sich in Helgoland trauen lassen und da ich mitreisen soll, so wirst du indessen das Vermieten an Kurgäste allein betreiben und zur Hülfe nimmst Du Dir eine Stütze des Hausherrn.

Hahn. Eine Stütze des Hausherrn? (Glücklich.) Ich weiß schon eine tüchtige Stütze für mich! Bleibt nur recht lange fort! (Blickt heimlich nach links.)

Fr. Marschall. Also diese Sache wäre erledigt. — O, Kinder, wenn ihr von Helgoland zurückkehrt, als Mann und Frau, hat niemand mehr das Recht über Euch zu reden.

Fritz. Und die Reklame für den Badearzt!

Margarete. Still davon! Wann reisen wir nach Helgoland? (Hängt sich an Fritz).

Fritz. Wir reisen morgen schon! Ich sehne mich nach Helgoland! (Mit Margarete rechts ab.)

Fr. Marschall. Also, Henry, sorge recht bald für Deine Stütze! — (Stolz). Bitte, Deinen Arm.

Hahn (verlegen). Ich komme gleich nach, liebe Pauline, ich will aber erst meine Stütze haben.

Fr. Marschall. Aber nimm Dir eine recht starke, Henry. (Rechts ab.)

Hahn (scheu nach links, winkt). Bst! bst! — Hier bin ich, Mariska!

### 15. Scene.

**Hahn. Mariska** mit Kinderwagen, worin **Bill-Bull**. (von links).

Mariska. Bill-Bull! Er ist verloren! — Was haben altes Herr? (Läßt den Wagen im Hintergrunde stehen, geht kokett nach vorn.)

## Dritter Akt.

Hahn. Ach Mariska, mein Glück ist grenzenlos; ich freue mich sogar mehr als wenn ich einen Badegast in das Logie bekommen hätte; ich darf mir eine Stütze des Hausherrn nehmen! Meine Schwester und Nichte verreisen und ich führe allein das Geschäft. — Mariska, wollen Sie meine Stütze werden?

**Bill-Bull** erhebt sich im Wagen, grinst, nimmt die Saugflache und trinkt. Kindergejammer.

Mariska (ohne sich umzusehen). Still, Du Racker! — Das Kindermädchenspielen und den kleinen Grafen da im Wagen herumzufahren, gefällt mir schon lange nicht mehr. Gut, ich will Ihre Stütze werden, — wenn Sie gut zahlen. Wann soll ich eintreten?

Hahn (glücklich). Morgen schon, Mariska! O, Sie sollen es in unserem Hause allererſten Ranges beſſer haben wie die Kurgäſte!

Mariska. Das verlange ich auch. Jetzt will ich aber schnell den kleinen Grafen nach Hause fahren. (Geht nach hinten, sieht Bill=Bull im Wagen, entsetzt.) Himmel, der kleine Graf ist ja schwarz geworden! Er hat zu lange in der Sonne gestanden!

(Vorhang).

## 4. Akt.

(Bühne wie im 2. Akt. Auf dem Tische Wein und Braten. Die obere Schublade der Kommode ist geöffnet, in derselben steht ein Petroleum-Koch-Apparat, darauf ein Topf mit Suppe, darin ein großer Löffel. Im Hintergrunde der Bühne steht ein langer Besen.)

### 1. Scene.

**Mariska. Hahn.**

Mariska (sitzt gemütlich auf dem Sopha, trinkt ein Glas aus, ärgerlich). Ist denn die Krebssuppe immer noch nicht fertig?

Hahn (geckenhaft gekleidet, steht vor der Kommodeschublade, rührt mit dem Löffel darin herum, zärtlich). Gleich, liebe Mariska, ist Ihre Lieblingssuppe fertig. Sie sehen ja, daß ich aus Liebe fortwährend rühre, mein Engel. Bitte, trinken Sie einstweilen von dem Wein, den ich extra für Sie gekauft habe.

Mariska (hochmütig). Der Wein schmeckt mir nicht, ich möchte eine andere Sorte.

## Vierter Akt.

Hahn (eilt zu einem Tische, holt eine andere Weinflasche und schenkt ein). Hier, Herzchen. Hoffentlich findet dieser Wein Ihren Beifall. Ha, die Suppe brennt an! (Eilt zur Kommode und rührt.) Wie besorgt bin ich doch um Sie. Sie sind als Stütze des Hausherrn engagiert, aber ich thue Ihre Arbeiten, ich bin Ihre Stütze! Und damit ich auch beim Kochen bei Ihnen bin, habe ich die Kocherei aus der Küche in die Kommodeschublade verlegt. Das habe ich von unseren Berliner Kurgästen gelernt Die Berliner kochen fast alle so; — man merkt nur nichts davon, denn kommt Besuch, so macht man einfach die Schublade zu (er thut es) und die ganze Küche ist fort. (Er öffnet wieder.)

Mariska (trinkt viel). Das ist aber kein richtiges Badeleben, wie ich es wünsche, und der Wein ist auch nichts wert. Bin Besseres gewöhnt. Decken Sie ab, ich mag nichts mehr.

Hahn (setzt sich neben Mariska). Ach lassen Sie mich doch nur eine Minute in Ihrer lieben Nähe sitzen.

Mariska. Ich will nicht! Abräumen!

Hahn (steht auf, stellt seufzend die Teller zusammen). Mariska, ich will Sie aber doch heiraten.

Mariska. Sie sind mir zu alt.

Hahn Seien sie nicht so hart zu mir! Seit den fünf Tagen, wo meine Schwester und Margarete fort und Sie bei mir als Stütze sind, thue ich doch nur, was ich Ihnen an den Augen ablesen kann Ich war früher nur für das Wohl der Kurgäste besorgt, jetzt lebe ich nur für meine Stütze.

Mariska. Rufen Sie die Lina zum Abdecken.

Hahn. Sogleich. (Oeffnet die Mittelthür sanft.) Lina.

Mariska. Energischer!

Hahn (lauter). Lina! (Geht zu Mariska.) — Wenn Lina nur nicht alles meiner Schwester sagt.

## 2. Scene.
### Die Vorigen. Lina.

Lina (durch die Mitte, brummig). Was ist denn schon wieder?

Mariska. Sie haben sofort zu kommen, wenn ich rufen lasse! Marsch! Tisch abdecken!

Lina. Ich habe nicht nötig, Ihnen zu folgen!

Hahn. O, mir zu liebe!

Mariska. Ich werde Ihnen die Unverschämtheiten austreiben! Sie haben heute morgen zwei Eier gestohlen; die müssen Sie mir bezahlen!

Lina. In einer Stellung, wo der Hausherr eine Stütze hat, bleibe ich nicht länger! (Rasch ab durch die Mitte.)

Hahn. Lina! Lina! Wenn meine Schwester zurückkommt! (Rasch ab durch die Mitte.)

Mariska (trinkt Wein, steht träge auf).

## 3. Scene.
### Mariska. von Dönnhoff (in der Thüre links hinten).

v. Dönnhoff. Bst! Mariska!

Mariska. Kommen Sie nur, der Narr ist fort.

v. Dönnhoff (tritt näher). Schon wieder Streit, schöne Mariska?

## Vierter Akt.

**Mariska.** Ich laufe dem Alten heute noch davon. Ich gehe wieder nach Berlin als Kellnerin.

**von Dönnhoff.** Ich komme auch nach Berlin, wo kann ich Sie dort finden?

**Mariska** (horcht). Unsere Damen kehren zurück. Ich sage Ihnen meine Adresse in Ihrem Zimmer.

(Mit von Dönnhoff ab links hinten).

### 4. Scene.
**Frau von Linden. Frau Fink.**

(Beide Damen durch die Mitte; jede trägt ein Körbchen mit Aepfeln, Brot, Gemüse, Fleisch. — Frau von Linden eine Champagnerflasche.)

**Fr. v. Linden** (blickt sich scheu um, spricht dann hinaus). Meine liebe Luise, kommen Sie nur ungeniert herein, es ist niemand da. (Läßt Frau Fink herein.) Ach, seitdem Frau Marschall und ihre Tochter fort sind und diese Ungarin regiert, ist hier gar keine Ordnung mehr. Unser Kochen in der Kommodeschublade haben sie uns abgesehen, aber nur, damit sie immer beisammen sein können. (Sie ißt von der Suppe aus der Schublade.) Ich will einmal kosten. — Hm! Er kocht aber gut für seine Stütze.

**Fr. Fink** (eifrig). Ich will auch kosten. (Ißt aus der Schublade.) Sehr gut! Wie doch eine teure Suppe den Menschen stärkt!

**Fr. v. Linden** (neidisch). Essen Sie nicht so viel, ich muß mich auch stärken, denn ich habe erst vorhin 10,000 Mark Schulden für meinen Schwiegersohn bezahlt. (Ißt.)

---

„Der neue Badearzt."
Schwank in 4 Akten von Wilhelm Wagner.
Beilage zur Zeitschrift: „**Modernes Badeleben.**"

Wann werden die Anderen nur von Helgoland zurück=
kehren? Das ganze Bad spricht von dieser heimlichen
Heirat.

Fr. Fink. Ja, man spricht jetzt noch viel mehr von
dieser Margarete wie früher. — Aber jetzt will ich mich
wieder stärken. (Ißt wieder.)

Fr. v. Linden. Die Hauptsache ist, daß wir heute
wieder billig eingekauft haben. Wir sparen über 30 Mark
den Monat, alles für unsere lieben Kinderchen! — Aber
Sie essen ja die gute Suppe ganz allein! (Nimmt den Löffel
und ißt eifrig.) Jetzt bin ich wieder an der Reihe! Ach, wie
gut! Wie billig! (Verschluckt sich, hustet.)

Fr. Fink. Sie essen zu rasch! Ich will jetzt wie=
der kosten. (Nimmt Löffel und Topf aus der Schublade, will
rasch leer essen.)

Fr. v. Linden. Halt! Ich will auch noch etwas
Stärkung haben! (Nimmt Topf und Löffel und ißt.)

Fr. Fink. Sie haben die ganze Suppe gegessen!
Sie müssen sie auch Herrn Henry bezahlen!

Fr. v. Linden. Nein, ich habe Salzwasser geholt,
das gieße ich den Topf. (Stellt den Topf in die Schublade
und gießt aus der Champagnerflasche Wasser in den Topf.) So,
jetzt kommen Sie; wir sind Beide gestärkt und können
ein halbes Mittagsessen sparen.

## 5. Scene.

### Die Vorigen. Mariska.

Mariska (von links hinten, spricht hinaus, lustig). O, es
soll fidel werden in Berlin!

Fr. v. Linden (entsetzt). Liebe Luise, diese Person kommt aus dem Zimmer eines Herrn! Wir ziehen aus!

Fr Fink. Ja, sofort, oder die Wohnung fünf Mark billiger!

Mariska (spöttisch). Sie können gleich ausziehen.

Fr. v. Linden O, das werden wir!

### 6. Scene.
#### Die Vorigen. Hahn.

Hahn (durch die Mitte, sehr freundlich). Ah, die verehrten gnädigen Damen. Wie bekommt den gnädigen Damen das Bad?

Mariska. Sie wollen das Logis billiger haben.

Fr. v. Linden. Wir ziehen aus, denn wir sind beleidigt worden!

Fr. Fink. Oder Sie geben uns das Zimmer um fünf Mark billiger.

Hahn. Aber meine Damen! — Nicht wahr, liebe Mariska, Sie haben es nicht böse gemeint? (Streichelt Mariska.)

Fr. v. Linden. Liebe Luise, ich werde rot! (Mit Frau Fink ab links vorn.)

Hahn. Herzchen, Sie müssen mit den Damen freundlicher reden.

Mariska. Heiraten Sie doch eine von den Alten.

Hahn. Ach nein. Sagen Sie mir doch endlich, daß Sie meine liebe Frau werden wollen. (Kniet vor Mariska.) Erlauben Sie mir endlich den ersten Kuß! (Es klopft am Fenster.)

Mariska (blickt nach dem Fenster, freudig). Ah!

Hahn (springt auf, eifersüchtig). Es hat geklopft! Was soll das bedeuten? Sie haben „Ah!" gesagt! Sie wollen mich hintergehen mit einem Anderen! Sie haben schon gestern Abend heimlich mit dem Baron von Vincenti gesprochen, und Sie sind doch meine Stütze! Gestehen Sie, was Sie mit ihm haben! (Es klopft wieder am Fenster.)

Mariska. Haha, er wird eifersüchtig!

Hahn. Eben hat es wieder geklopft; Herzchen, wenn der Henry wild wird! (Eilt zum Fenster.)

Mariska (hält Hahn zurück). Es ist ja gar kein Baron da! Gehen Sie doch auf die Straße und sehen Sie nach, ob er am Fester steht.

Hahn. Das thue ich! Aber etwas zum Hauen nehme ich mit! (Sucht und nimmt den Besen.) Wehe ihm! (Ab Mitte.)

Mariska (eilt an das Fenster, öffnet, spricht hinaus). Rasch herein, er kommt auf die Straße!

### 7. Scene.
**Mariska. Baron.**

Baron (ängstlich durch das Fenster). Wenn er mich aber hier findet?

Mariska. Wenn er kommt, springen Sie wieder durch das Fenster.

Baron. O, mein Gott, ich bin Kurgast und der Arzt hat mir das Springen verboten! Mariska springen Sie wenigstens mit.

Mariska. Ich komme bestimmt nach Berlin.

Baron. Wir wollen zusammen reisen; ich reise sehr gerne mit Kindermädchen.

## Vierter Akt.

Mariska. Der Alte kehrt zurück! Schnell wieder durch das Fenster!

Baron (ängstlich). Wenn ich nur nicht falle! (Eilt zum Fenster, fährt zurück.) Ha, da unten steht ein Dienstmann mit einem Prügel!

Mariska. Dann in Herrn von Dönnhoff's Zimmer!

Baron. Wo ist es denn?

Mariska (deutet nach links hinten). Dort!

Baron (eilt nach links hinten, fährt zurück.) Er kommt! (Eilt links vorn ab.)

Mariska. Herrje, er läuft zu den Damen!

### 8. Scene.

**Mariska. Hahn.** Dann **Lina.** Später **von Dönnhoff. Frau von Linden. Baron. Frau Fink.**

Hahn (durch die Mitte, den Besen schwingend). Wo ist er?! Er muß hier sein, denn ich habe einen Dienstmann an das Fenster gestellt! (Packt Mariska an.) Mariska, wollen Sie mir gleich den Baron ausliefern oder ich haue!

Lina (durch die Mitte, ringt die Hände).

Mariska (reißt sich los). Unterstehen Sie sich!

Hahn. Will mir meine Stütze sagen, wo der Baron ist?

Mariska. Nein! (Läuft nach vorn.)

Hahn (läuft Mariska nach und schlägt nach ihr). Dann haue ich meine Stütze!

v. Dönnhoff (von links hinten). Was geht hier vor?

Lina (klammert sich an von Dönnhoff). Unser Herr ist aus Liebe zu seiner Stütze verrückt geworden!

Fr. v. Linden (von links vorn, mit Schürze, Haube, Kochtopf und Löffel, entsetzt). Hülfe! Ein Mann ist in unserem Zimmer!

Baron (scheu von links vorn, will durch die Mittelthüre).

Fr. Fink (von links vorn, mit Schürze, Haube, Kochtopf). Meine Nerven!

Hahn (indem er dem Baron nachläuft und nach ihm schlägt). Ha, da ist er!

## 9. Scene

Die **Vorigen.** Madame **Leclaire. Bill-Bull.** (Durch die Mitte.) Dann Frau **Marschall.**

Mad. Leclaire. Ah, der Herr Baron auf der Flucht!

v. Dönnhoff (hält Hahn). Herr Henry, wer wird denn einen Kurgast hauen!

Baron (flehend). Mariska, retten Sie mich!

Fr. v. Linden. Hu, da kommt ja auch noch der Mohr!

Mariska (führt den Baron nach der Mittelthür). Schnell, hier hinaus!

Fr. Marschall (durch die Mitte, im Reisekleid). Guten Tag. — Mein Gott, was geht hier vor?

Baron (fährt zurück). Ich bin verloren! (Durch das Fenster ab.)

Fr. v. Linden. O, Frau Marschall, Ihre Wohnung allerersten Ranges ist ein Narrenhaus geworden! Wir ziehen aus! (Ab mit Frau Fink links vorn.)

## Vierter Akt.

Fr. Marschall. Henry, was soll das bedeuten? (Deutet auf Mariska.) Was thut diese Person hier? Ist denn hier — Maskenball?

Mariska (will durch die Mitte ab). Ich mache mich fort!

Hahn (hält Mariska). Mariska ist die Stütze des Hausherrn!

Fr. Marschall (zieht Hahn von Mariska). O Heinrich, was ist aus Dir in fünf Tagen geworden!

Mariska (lachend ab durch die Mitte). Adieu, Henry!

Mad. Leclaire. Draußen steht ein Wagen; sie wird mit dem Baron durchbrennen.

Hahn (außer sich). Man halte sie! Sie hat noch 100 Mark von mir in der Tasche! (Er will fort.)

Mad. Leclaire. Ich werde sie verfolgen! (Ab durch die Mitte mit Bill-Bull.)

v. Dönnhoff. Ich auch! Wo ist mein Hut? (Ab links hinten.)

Fr. Marschall Gerechter Gott, wie sieht es hier aus! So sollte es nicht zugehen in einem Hause allererften Ranges! Sogar in der Kommodeschublade wird gekocht. (Stößt die Schublade zu.) Wir sind von Helgoland zurückgekehrt. Das junge Paar wird gleich kommen. Ich bin vorausgegangen, aber wie finde ich Dich wieder, o Heinrich!

Hahn. Ach, Pauline, ich stehe zerknirscht vor Dir.

v. Dönnhoff (von links hinten, mit Hut und Stock). Adieu!

Hahn (eifrig). Sie wollen ihr nach? (Leise.) Ich gehe mit! — (Hahn scheu ab durch die Mitte mit von Dönnhoff.)

Fr. v. Linden (mit Hut von links vorn). Ich gehe, um eine andere Wohnung zu suchen, denn Sie haben kein Haus mehr allererften Ranges.

Fr. Marschall. Gnädige Frau, wir wollen Ihnen das Zimmer lieber billiger geben. (Legt den Hut ab.)

Fr. v. Linden. Reden Sie mit meiner Freundin, die kann noch besser handeln wie ich. (Ab Mitte.)

Fr. Marschall. O Heinrich! — Heinrich, wo bist Du denn?

Lina. Er läuft gewiß seiner Stütze nach.

Fr. Marschall. So sind diese Junggesellen alle! (Oeffnet das Fenster, ruft hinaus.) Heinrich! Henry! Gleich kommst Du zurück!

## 10. Scene.

**Lina. Frau Marschall. Margarete. Fritz.** (Durch die Mitte, in Reisekleidern.)

Fritz. So, Margarete, mein Weibchen, nun sind wir zu Hause!

Fr. Marschall (kommt vom Fenster, herzlich). Willkommen in der Heimat! Henry hat leider keinen Willkommengruß an die Thüre gehängt, (seufzend). denn leider war er zu sehr beschäftigt. — Ihr werdet vorerst hier wohnen macht, es Euch recht bequem.

Lina (giebt Margarete die Hand, hilft ihr ablegen).

Fritz (legt ab, lustig). Das wollen wir, liebe Schwiegermama! Hier, wo ich meine schöne Margarete im Wintermantel kennen lernte, werde ich heute noch meine Sprechstunde eröffnen, (blickt auf die Uhr) punkt 4 Uhr.

In der Badezeitung habe ich meine Ankunft bereits angezeigt, und Ihr sollt mal sehen, wie jetzt die Kurgäste zu mir kommen!

Margarete (lachend). Das wird so schlimm nicht werden, lieber Fritz.

Fritz. Da kennst Du die Badegäste aber schlecht! Ich sage Dir, jetzt bekomme ich Praxis! — Lina, kommen Sie mal zu mir. (Zieht Karten aus der Tasche.) Sehen Sie, das sind fünfzig Nummern, die geben sie den Patienten, die jetzt erscheinen, der Reihe nach, damit Sie bei dem großen Andrange wissen, wer zuerst da war. Zunächst führen Sie also alle Patienten draußen in das große Zimmer und geben jedem eine Nummer, danach schicken Sie die Herrschaften genau der Reihe nach hier zu mir herein; Nummer eins zuerst und Nummer fünfzig zuletzt. — Auch werden Sie ein neues weißes Schürz anlegen. Haben Sie die Sache verstanden?

Lina. Die Sache mit dem weißen Schürze, ja, aber die Sache mit den Patienten, die ich nummerieren soll, verstehe ich nicht.

Fritz. Warum denn nicht.

Lina. Ei, weil noch keine Patienten zum Nummerieren da sind.

Fritz. Aber die Patienten werden kommen! Nehmen Sie nur die fünfzig Nummern und nummerieren Sie richtig, damit es keinen Streit giebt.

Margarete. Aber Fritz, wozu fünfzig Nummern!

Fr. Marschall. Gieb Lina drei Nummern, die genügen vollkommen.

---

„Der neue Badearzt."
Schwank in 4 Akten von Wilhelm Wagner.
Beilage zur Zeitschrift: **„Modernes Badeleben."**

Margarete. Nun, sagen wir fünf Nummern, mehr aber nicht.

Fritz. Aber für was hätte ich denn über dem Wasser geheiratet!

Margarete (zärtlich). Du Bösewicht! Gieb meinetwegen Lina zehn Nummern.

Fritz (eifrig). Nein, unbedingt ein Dutzend! — Hier, Lina, sind zwölf Nummern, die anderen lege ich hierher. (Legt die Karten beiseite.) Ich habe meiner Mutter von Helgoland aus geschrieben, sie solle meine Instrumente hierher schicken. Ist ein Kasten für mich angekommen, Lina?

Lina. Jawohl, Herr Doktor, aber den Cognac, der darin war, hat dem Herrn Henry seine Stütze getrunken.

Fritz Ach, damit wollte ich die Patienten regalieren!

Fr. Marschall. O Henry, wie bist Du gesunken!

Margarete. Was ist mit dem Onkel, wo ist er?

Fr. Marschall (seufzend). Ach, ich glaube, er hat unser Haus allerersten Ranges mit seiner Stütze nicht gut verwaltet. Kommen Sie, Lina, wir wollen nach ihm suchen. (Mit Lina ab durch die Mitte.)

Fritz (zieht Margarete zum Sopha, setzt sich mit ihr). Mein Weibchen, bist Du nun glücklich?

Margarete (zärtlich). Ja, mein Schatz. (Besorgt.) Aber was werden die Leute sagen, weil wir uns in Helgoland haben trauen lassen?

Fritz. Die Kurgäste werden in Scharen zu dem interessanten neuen Badearzt kommen.

Margarete. O Du! Aber nicht wahr, von mir können die Kurgäste jetzt nichts mehr reden?

## Vierter Akt.

Fritz. Nein, jetzt reden sie nur noch von mir!

Margarete. Aber Deine Mama und Eveline werden uns recht böse sein. (Zärtlich.) Nicht wahr, Liebster, Du gehst heute nicht mehr von mir fort?

Fritz. Ich habe doch keine Zeit fortzugehen, wenn jetzt die vielen Patienten kommen! Gehe Du nur nicht von mir fort! (Küßt Margarete.)

### 11. Scene.
**Margarete. Fritz. Frau Marschall.**

Fr. Marschall (von rechts mit Schürze und Kaffeemühle). Margarete, wieviel Kaffee soll ich mahlen, denn es wird doch Besuch kommen? Ach, dieses Glück! Also nehme ich ein halbes Pfund.

Margarete. Ja Mama. O ich kann nicht erwarten, zu sehen, was die Leute für Augen machen, wenn sie uns zum erstenmale zusammen erblicken. (Geht an das Fenster.) Da gehen Kurgäste! Sie blicken neugierig hierher. Fritz, soll ich mich sehen lassen?

Fritz (gemütlich). Gewiß, mein Liebling.

Margarete. Wir sind ganz richtig getraut worden, was können die Leute also Böses sagen? — Da, da sind Kurgäste, mit denen ich schon gesprochen habe!

Fr. Marschall (besorgt). Margarete, gehe doch lieber vom Fenster, Du hast ja erfahren, wie böse die Kurgäste sind.

Margarete. Aber jetzt können sie doch gar nichts mehr reden! Nicht wahr, Männchen?

Fritz. Stimmt, Weibchen.

Margarete. Eben blicken sie nach unserem Fenster!

— Sie sehen mich! (Nickt, dann betroffen.) Nun? — nun? — Sie gehen vorüber? — (Tritt zurück.) Sie haben ja nicht gegrüßt!

Fr. Marschall (erregt). Siehst Du, die Kurgäste haben sich immer noch nicht gebessert!

Fritz. Lasse sie doch laufen! Setze dich zu mir. (Er pfeift eine Walzermelodie.)

Margarete (trotzig). Nein, ich muß sehen, ob die anderen mich grüßen!

Fr. Marschall. Margarete, Du wirst Dich nur ärgern! Ach, und mein Aerger mit Henry!

Margarete. Und wenn! Man soll mich grüßen! Da gehen wieder Kurgäste! Sie sehen alle hierher! Sie — lachen! Sie — spotten! O Fritz, wie kannst Du in einem solchen Augenblick einen Walzer pfeifen!

Fr. Marschall (am Fenster). Sie kommen in Scharen!

Fritz (steht auf). Sie wollen Dich alle sehen. Mein Liebchen, was willst Du noch mehr? — (Pfeift wieder.)

Margarete (weinend.) O Gott, Du liebst mich nicht mehr, denn Du kannst pfeifen, während ich, ach, so sehr gekränkt werde!

Fr. Marschall. Ja, Fritz, in einem solchen Moment pfeift man keinen Walzer!

Fritz. Was kümmert uns der Badeklatsch, — wenn er mir nur Patienten bringt.

Fr. Marschall. O, eine Frau will geachtet sein, damit sie in Gesellschaften gehen und mit ihren Freundinnen über andere Leute reden kann!

Margarete. Hätten wir uns doch lieber nicht in Helgoland trauen lassen; nun glauben es die Leute vielleicht nicht. Mama, Du hast auch mitgeholfen.

Fr. Marschall. Nur, weil die Karten immer eine Heirat über dem Wasser gezeigt haben. — Aber jetzt sage ich nichts mehr, sonst heißt es: böse Schwiegermutter. Ich koche meinen Kaffee. (Ab rechts.)

Margarete. Nun reden die Leute über uns, weil wir durchgegangen sind! Schwöre mir, daß Du mich dennoch immer lieben wirst!

## 12. Scene.

**Margarete. Fritz. Frau Fink.** Dann Frau **Marschall.**

Fr. Fink (von links vorn, zum Ausgehen, neugierig). Ach, Fräulein Marschall! Oder darf man wirklich gratulieren?

Margarete (eifrig). Ja gnädige Frau, wir sind ganz richtig verheiratet.

Fr. Fink (kühl). Nun, dann gratuliere ich. (Giebt die Hand.)

Margarete. Herzlichen Dank. Wollen Sie nicht Platz nehmen?

Fr. Fink. Ich danke. — Sie sind in Helgoland getraut worden. So, so. Eine Freundin von mir ist ebenfalls dort getraut worden.

Margarete (rasch). Lebt sie glücklich?

Fr. Fink (spitz). Mit dem helgoländer Manne nicht, denn der ist ihr bald durchgegangen, aber später hat sie richtig geheiratet und da ist sie glücklich geworden.

Margarete. O mein Gott!

Fr. Fink. Bei ehrbaren Leuten hat eine Ehe, die auf einer Sandbank geschlossen worden ist, keinen Wert, denn sobald die Sandbank nicht mehr ist, ist auch eine solche Ehe ungültig. — Aber bleiben Sie doch recht lange glücklich, trotzdem Helgoland auch nur eine Sandbank ist! (Stolz ab durch die Mitte.)

Margarete (ringt die Hände). Helgoland ist nur eine Sandbank! Diese leichtsinnige Insel! Aber sie ist auch ein Badeort und die sind ja alle leichtsinnig! Nun aber der Badeklatsch über die Sandbank=Frau! Deshalb grüßen mich die Kurgäste nicht! (Weint.) O Gott, jetzt bin ich eine Sandbank=Frau!

Fritz. Nun, dann bin ich ein Sandbank=Mann! Famose Reklame für den Badearzt!

Fr. Marschall (von rechts). Was ist denn passiert, warum weint Margarete?

Margarete. Mama, denke Dir, Helgoland ist nur eine Sandbank und ich bin nur seine Sandbank=Frau!

Fr. Marschall. Wenn das aber hier im Bade bekannt wird!

Fritz. Bekomme ich 100 Patienten mehr! Also weine nicht länger, mein süßes Sandbank=Weibchen. (Pfeift.)

Margarete (weinend). Mama, er pfeift schon wieder einen Walzer, in einem solchen Moment! Gewiß hat er mich nur geheiratet, damit er Patienten bekommt. Ich bin nur seine Sandbank= und seine Reklame=Frau!

Fr. Marschall. Nein, Margarete! Der Badearzt ist wohl den Kurgästen, doch der Fritz, der ist Dein!

Fritz. Bravo, so ist es, Schwiegermama!

Fr. Marschall. Kommt zum Kaffee, Kinder, der ist kräftig und wird Dich stärken, Margarete. Nachher decken wir hier den Kaffeetisch für den Besuch. (Alle ab rechts.)

## Vierter Akt.

### 13. Scene.

**Frau Corvin. Eveline. Lina.** (Durch die Mitte.)

Lina (mit neuem weißen Schürz, bietet Karten an, eifrigst). Meine Damen, alle Patienten werden bei uns nummeriert; bitte, nehmen Sie hier Nummer eins und zwei.

Fr. Corvin (stolz, feierlich.) Wir kommen zu einem anderen Zwecke zu dem Herrn Doktor, ich bin seine Mutter.

Lina (läßt erschrocken die Karten fallen). Seine Mutter, die die Heirat nicht haben wollte! (Hebt die Karten auf.) Das will ich ihm aber gleich sagen.

Fr. Corvin. Bleiben Sie. Wann ist mein Sohn und, — und — seine Frau angekommen?

Lina. Vor einer Stunde, mit fünfzig Nummern.

Eveline. Mama, der ganze Kurort spricht schon von Fritz! Sich in Helgoland trauen zu lassen, das ist unerhört!

Fr Corvin. Eveline, im ersten Augenblick hast Du gerufen: Ach, wie romantisch!

Lina. Geradeso, wie ich!

Fr. Corvin. Sehen die Neuvermählten glücklich aus?

Lina. Na, nicht extra: sie weint und er pfeift.

### 14. Scene.

**Die Vorigen. Margarete.** Später Frau **Marschall. Fritz.**

Margarete (von rechts, mit einem Brodkörbchen, stößt einen Schrei aus und läßt das Körbchen mit Gebäck fallen). O mein Gott, seine Mutter!

Eveline. Das ist die Schuld!

Fr. Corvin (kühl). Bitte, heben Sie nur das Gebäck auf.

Margarete (hebt scheu Körbchen und Gebäck auf, stellt es auf den Tisch, ängstlich). Ich werde Fritz rufen.

Fr. Corvin. Nein. (Zu Lina.) Sie können gehen.

Lina (durch die Mitte ab).

Fr. Corvin. Kommen Sie jetzt näher. (Geht nach vorn, Margarete folgt.) Die Hand kann ich Ihnen natürlich nicht reichen, da ich erst Ihre Ansichten über die Ehe kennen lernen muß. (Scharf.) Wer sich so leichtsinnig in Helgoland trauen läßt und über den jetzt das ganze Bad spricht, der ist wohl auch nicht gewissenhaft im Halten der Ehe.

Margarete. O, ich bin unglücklich, wenn die Mutter meines Mannes böse von mir denkt!

Fr. Marschall (von rechts, freudig). Ach, Frau Corvin!

Fritz (von rechts, lustig). Siehe da, die andere Schwiegermama und Eveline! Wollt wohl mit Kaffee trinken? (Stolz.) Hier: Margarete, meine Frau!

Fr. Corvin (streng). Fritz, Ihr habt auf einer fernen Insel geheiratet; wie wollt Ihr ohne die Achtung der Kurgäste leben?

Margarete (kniet vor Frau Corvin). O Verzeihung, ich kann ohne Achtung nicht leben!

Fritz (zieht Margarete auf). Für mein Weib ist das kein Platz! Mutter, Du wirst die achten, die ich geheiratet habe und wenn die Trauung in einem Luftballon stattgefunden hätte!

Eveline (heftig). Nein! Ihr habt uns entgegen zu kommen!

Fritz. Du!

Eveline. Ein schöner Badearzt, der durchbrennt!

Fr. Corvin. Still, Eveline! Glücklicherweise giebt es eine Schwiegermutter, und ich rede jetzt. — Ihr habt in frevelhaftem Leichtsinne nicht nach meiner Einwilligung und noch dem Gerede der Mitmenschen gefragt, nein, Ihr seid heimlich von hier fortgereist, nach einer fernen Insel und habt Euch dort trauen lassen. Eine solche Ehe kann nicht glücklich werden und die Kurgäste sagen, es wäre nur eine Sandbankehe!

Margarete. Ach, diese unglückliche Sandbank!

Fr. Corvin (freudig). Ah, sie bereut schon!

Eveline. Die Sandbankfrau!

Fritz (umfaßt Margarete). Nein, wir bereuen nichts!

Fr. Marschall (eifrig). Kinder, laßt mich reden! Glücklicherweise giebt es zwei Schwiegermütter! Und ich rede jetzt auch etwas! Frau Corvin, ich habe meine Tochter ehrbar erzogen und in ehrbarer Weise ist sie mit ihrem Fritz durchgebrannt, ah, wollte sagen: zur Trauung gereist! Und wenn alle Kurgäste über die Kinder reden, ich gehe mit dem Herrn und der Frau Badedoktor durch Freud und Leid! Sehen Sie, so spreche ich als Schwie=germutter!

Fritz. Bravo, Schwiegermutter!

Fr. Corvin (verlegen). Ich will ja auch dem Glücke der Kinder nicht im Wege stehen und mich von der anderen Schwiegermutter durchaus nicht beschämen lassen. Marga=rete, ich werde Sie gerne umarmen, wenn Sie mir heilig geloben, Fritz als brave Frau zu lieben, trotzdem Sie nur in Helgoland getraut worden sind.

Margarete (selig). O, ich will kein anderes Glück auf Erden kennen!

Fr. Corvin (umarmt Margarete). Dank, meine liebe Tochter! Nenne mich Schwiegermama. (Giebt dann Frau Marschall die Hand.)

Fritz. Eveline, allons, Hochachtung bezeugen!

Eveline. Deinem armen Reklamopfer, ja, aber dem durchgebrannten Badedoktor noch lange nicht! (Umarmt Margarete.) Liebe Schwägerin!

Fr. Marschall. So, nun lade ich die Herrschaften zum Kaffee ein!

Margarete. Mama, ich trinke jetzt keinen Kaffee! Ich will hier erst noch einmal richtig getraut werden, damit die Leute nicht über mich reden können.

Fritz. Aber Du bist doch schon meine Frau!

Margarete. Nur Deine Sandbank-Frau, aber ich will eine festere Frau werden. (Zu Frau Corvin.) Mutter, erlaubst Du, daß ich bis zur richtigen Trauung bei Dir wohne?

Fr. Corvin. Mit Vergnügen.

Fritz (betroffen). Wie, Margarete, Du willst also wirklich Deinen Dir auf Helgoland angetrauten Gatten schon wieder verlassen?

Margarete (umarmt Fritz). Verzeihe, liebster Fritz! Wenn wir hier noch einmal getraut worden sind, dann bleibe ich sicher bei Dir! Auf Wiedersehen bis dahin! (Küßt Fritz, setzt sich dann den Hut auf.)

Fritz. Ich soll wirklich allein bleiben?!

Fr. Marschall. Aber nimm Dir nur keine Stütze!

Fr. Corvin. Margarete hat ganz recht, bleibe hier und warte auf Deine Patienten.

Eveline. Adieu, Helgoländer!

Margarete (eilt zu Fritz, küßt ihn) Nochmals Adieu, Geliebter! Adieu! Adieu! (Mit Frau Marschall, Frau Corvin und Eveline ab durch die Mitte.)

Fritz. Die Frau Doktor ist wirklich fort! — Einmal auf einer Sandbank geheiratet und nicht wieder!

## 15. Scene.

**Fritz. Lina. Bill-Bull.** Dann **Hahn.** Zuletzt **Margarete.**

Lina (von rechts mit Bill-Bull und einem Kasten). Herr Doktor, Bill-Bull ist soeben geschickt worden, Sie sollen ihn als Ihren ersten Sohn adoptieren, da Madame Leclaire durchgebrannt ist. Hier ist auch Ihr Doktorkasten. (Stellt den Kasten auf den Tisch, dann durch die Mitte ab.)

Fritz. Also muß ich den schwarzen Bengel doch noch adoptieren und habe keine richtige Frau! Doch komme her, mein Sohn, ich will Dich behalten, weil man Dich geradeso verlassen hat wie mich. Setze Dich dorthin, aber — stelle mir ja kein Unglück an, mein Sohn!

Bill-Bull (setzt sich auf einen Stuhl, geht dann zu den nummerierten Karten und zerreißt sie grinsend).

Hahn (traurig von rechts, mit einem Schürze in der Hand, das er seufzend umhängt). Guten Tag, Herr Doktor.

Fritz. Ah, der Onkel Henry! (Giebt die Hand.) Nun, wie waren Sie mit ihrer Stütze des Hausherrn zufrieden?

Hahn. Ach, ich habe meine Stütze heiß geliebt und alle Arbeiten für sie gethan, aber dennoch hat sie mich verlassen!

Fritz (blickt sich um). Da sind wir ja drei Verlassene!

Hahn (geht zur Kommode, öffnet die Schublade). Die gute Krebssuppe, die ich für meine Stütze gekocht habe, die muß ich jetzt allein essen. (Ißt)

Lina (rasch durch die Mitte). Herr Doktor! Herr Doktor! Zwölf Patienten sitzen schon im Wartezimmer! Geben Sie mir schnell die anderen Nummern!

Fritz. Zwölf Patienten auf einmal! Ich bekomme Praxis, ich werde berühmt! Dort liegen die Nummern!

Hahn (verzieht das Gesicht). Die Krebssuppe schmeckt merkwürdig salzig, aber ich esse sie doch, zur Erinnerung an meine erste und letzte Liebe. (Ißt.)

Lina (hat gesucht, sieht Bill-Bull die Karten zerreißen). Herrje, Bill-Bull hat die Karten zerrissen! Jetzt kann ich die neuen Patienten nicht nummerieren!

Fritz. O mein Sohn, Du fängst gut an! Ich werde schnell neue Nummern schreiben. (Setzt sich an den Tisch, nimmt Papier und Bleistift aus der Tasche, zerreißt das Papier in Stücke, schreibt.) Nummer dreizehn, vierzehn —

Lina. Ich höre schon wieder Patienten die Treppe heraufkommen! Ich zähle sie einstweilen! (Oeffnet die Mittelthür, dann ab.)

Margarete (durch die Mitte, umarmt Fritz von hinten).

Fritz (schreibend). Nummer zwanzig, einundzwanzig — Ha, nun umarmen mich schon die Patienten! Wenn das die Kollegen hören, werden sie aber neidisch!

Margarete. Fritz, ich kann nicht ohne Dich leben, ich bleibe bei Dir und wenn alle Kurgäste über mich reden!

Fritz (zieht Margarete auf seinen Schoß). Du, Margarete, Du mein erster, mein liebster Patient!

Lina (öffnet die Mittelthür). Herr Doktor, fünfundzwanzig Patienten sind im Wartezimmer!

Fritz (steht auf). Fünfundzwanzig Patienten! Margarete, die verdanke ich Dir! (Blickt auf seine Uhr). Es ist vier Uhr, die Sprechstunde ist eröffnet. Lina, führen Sie den Patient Nummer eins herein!

(Vorhang).